太初傳說

—2—

會朝爭盟

黃秋芳——著

【推薦序】

來自眾神獸的成長處方箋——讀黃秋芳《太初傳說》三部曲

黃雅淳　國立臺東大學兒童文學研究所教授

「重要的不是故事源於何處，而是你將其引向何方。」

——尚盧·高達，法國導演

親愛的讀者：

在你開始翻讀本書之前，我想邀請你先花點時間思考：我們此時正在何處？你我是否同時都身處在宇宙中一顆正在轉動的行星上？而這顆繞著恆星旋轉的小小行星，僅是銀河系幾千億顆星球中的一顆，宇宙中仍有無數的星系，而那些星系也都只是我們仰望夜空時所見，忽明忽滅的點點星光。

當你以這樣的思維再次望向夜空，你或許能想像自己穿越時空，回到兩千多年前的戰國時期，站在屈原的身邊，和他一起仰望穹蒼，發出〈天問〉：「遂古之初，誰傳道之？上下未形，何由考之？冥昭瞢闇，誰能極之？」你和屈原一樣困惑著：在遙遠的上古、遠在這個星球誕生之時，是誰創生了這一切？在天地尚未成形之前，世間萬物是從哪裡得以產生？如果最初的世界是明暗不分、渾沌一片，又有誰能探究根本原因？古人於是在漫長的時空中，用各種神話故事，試著描述與詮釋他們對宇宙和生命的探索與理解。

時光來到二〇二三年的美國太空總署，當代物理學大師加來道雄站在你身邊，你們一起透過NASA之眼「韋伯望遠鏡」估計宇宙星系的數量，他告訴你：「在銀河系中約有一千億個恆星，和人類腦中神經元的數量差不多。你得穿越二十四兆公里才能抵達距離太陽系最近的恆星，在那裡尋找和我們腦袋一樣複雜的事物。」[1]你驚嘆於這奇妙的巧合，也再次感到迷惑：宇宙從哪裡來？宇宙的意義究竟為何？當你照著鏡子，你想知道眼睛的後面隱藏著什麼？人類有靈魂嗎？人死後去哪裡？在浩瀚無窮的宇宙中，人類的位置在哪裡？

於是，你意識到，即使處在AI高度發展的時代，人類仍然需要神話。我們需要有當代文化語境下的再創神話，訴說我們對宇宙和生命的永恆扣問，設法在短暫渺小的個體生命中，找到生存的意義與位置。

讓我們回到黃秋芳的新編神話——《太初傳說》三部曲。

作者在此系列中，延續了前作《崑崙傳說》三部曲的時空架構，取材自中國古代神祕圖笈《山海經》，以厚實的才學與創作技藝，剪草為馬、撒豆成兵，建構出跨越時空、體系龐大的奇思幻境；有別於其他改寫者對原典單篇的童話化書寫，而是在《山海經》既有的地理空間、奇人異獸中，架構出豐富的人物譜系，使其產生有意義的連結，透過情節的鋪陳、人物的衝突矛盾，突顯作者對青少年成長議題的真切關懷。

《太初傳說》三部曲的書名皆取自屈原的〈天問〉，隱然點出神話對民族知識及文化價值的傳承與創造。除了情節與標題設置的巧妙，作者在細節的構思上，亦多有令人稱奇讚嘆的設計，顯示她沉潛多思、想像豐富的特質，表現出超卓的學識和藝術才華。作者不僅在自序中為每冊主題的內涵深入解析，每冊附錄也皆附有書中角色在《山海經》裡的原文和詞語解釋，以及由作者親自撰寫的「傳說解碼」做為指引。這些文采斐然的精心設計，雖似感性敘說創作的發想與心境，但整體構思具有鮮明的經典傳承使命，及為兒少創作的開拓精神，讓這套書經由想像之途，呈顯出經典改寫與轉化的文化厚度。

眾所周知，兒童文學是一個歷史概念，雖在華人的文學世界發展以來，才不過一百多年的歷史，但是華文兒童文學的發生，卻有著深厚的文化淵源與傳統。廣義來說，凡有兒童的地方，便有兒童文學的存在，這些在民族文化發展中，以口傳的形式講述給兒童聽的歌謠、神話、傳說與民間故事等，皆具有現代兒童文學的文體特質。

所以，即使古代沒有「童話」一詞，但正如民初學者周作人在

〈古童話釋義〉所言：「中國雖古無童話之名，然實固有成文之童話。」換言之，童話早已存在於先民的生活紀錄中，於是，前人視為「古今語怪之祖」的《山海經》，因其中稀奇怪誕的幻想元素與自由聯想的原始思維，被視為「中國童話的搖籃」，也是當代幻想文學的靈感寶泉。

但《山海經》原是兼具地理與博物知識的百科全書式圖誌，採用條列式文字且多碎句殘篇，書中的神怪奇人、靈禽異獸，大多形象扁平而情節零散。因此，為當代兒少讀者改寫《山海經》的作家，有如「一僕事二主」，既要澈底理解原典，為原典中眾多的角色建立譜系，使其各有歸屬；又需考慮當代的讀者，運用懸疑、衝突、神祕與情感等元素，引起閱讀興趣而有所共鳴，實極考驗改寫者的學養與功力。

「詩人對宇宙人生，須入乎其內，又須出乎其外。入乎其內，故能寫之；出乎其外，故能觀之。入乎其內，故有生氣；出乎其外，故有高致。」

清末著名學者王國維在《人間詞話》中的這段評說，正可驗證《太初傳說》三部曲的敘事特徵。我猜想秋芳自蘊釀《崑崙傳說》三部曲之初，必然已廣泛蒐羅各種版本的《山海經》注釋本和插圖本，長期沉浸於其間，自然使她在構思時能「**入乎其內**」，心馳神往，因此她筆下的阿狡、阿猙、阿狕、青鳥、畢方、吉羊、如意等少年角色，有如注入靈氣般鮮活起來，各自體驗分離、憂思與恐懼，各自面對「轉大人」的辛苦試煉。

而置身於現代，秋芳做為兒童文學的工作者，懷著童心，以今觀古，故能「**出乎其外**」，以多年語文教學的歷練和作家的慧眼觀識原典，透過幻想文學的敘事技藝，將原典中寥寥數語的條目記載加以開掘推演，轉化為數萬字的奇幻小說。

更重要的是，她在《山海經》既有的角色或耳熟能詳的故事素材之外，寄寓了不朽的主題與深刻的思維：作品述說了童年的純真與自由、成長的困惑與徬徨，以及世代交替的衝突與必要性，也藉由角色的經歷探索家庭的價值與人性的複雜——如此，因能「入乎其內，故有生氣；出乎其外，故有高致。」使潛藏於文本之下的文化關懷，獲得了新的生命力。

《太初傳說》三部曲以對後世影響深遠的神女「西王母」為核心，敘寫在她從太初少女「阿畝」蛻變成西王母，最後成熟為王母娘娘的漫長時空中，圍繞在她身邊成長的兒少角色——角兒、睜兒、窈兒（即《山海經》中的狡、猙、狕，三隻同具豹紋的神獸，呼應西王母的原始形象「豹尾虎齒而善嘯」），與青鳥、小葉等各自的青春故事。

阿畝在書中有如大母神，她守護孩子們，給予他們無保留的愛，但也讓他們各自面對考驗和挑戰。所有的孩子在成長過程中，都必須經歷精神上與形體上和母親分離的痛苦與恐懼，這樣的心理轉化可能變形為各種叛逆、挫折，但孩子便是一次次以這樣的方式試圖自立。

瑞士榮格心理學派從「個體化」談論青少年成長，指出這是一段既要不斷面對分離、又需一再整合自我，充滿痛苦與不確定性的過程——「從孩子蛻變為成人，必得經過充滿挫折的門檻，如由死亡到復活，成為全新的人。而陪伴於旁的家長，也同時走在另一條時而平行、時而交錯的個體化之路，其痛苦煎熬往往亦不下於兒女主角。」❷

榮格「個體化」的核心精神，是指每個人在此生的各種境遇中如何轉化一切對立，最終找回完整而獨特的自己；在我看來，《太初傳說》裡的成人角色，如阿畝、開明、陸吾、烏桕（ㄐㄧㄡˋ）婆婆等，又或是作者秋芳及所有真切關懷兒少成長的父母、師長們，也都走在自己個體化的終生旅程中。這些來到我們身邊的孩子們有如照妖鏡，不斷挑戰、折射與考驗著我們內在的陰影，唯有大人也勇於面對自己的軟弱和挫折，抱著願心持續成長，才能跨越世代衝突的痛，也才有足夠的能量，守護孩子的成長之路。

由於《太初傳說》三部曲中蘊含大量富有原創性、令人目不交睫的幻境時空與神人奇獸、珍禽異草名稱，且多條故事線交錯開展、敘事結構多元，並多保留《山海經》中的罕用辭彙，又與《崑崙傳說》

三部曲中的角色與情節遙相互應，對兒少讀者可能產生陌生化的閱讀魅力，但同時也是智力挑戰。然而，幻想文學敘事邏輯體現的，不是文中情節的真實性與複雜性，而是讀者心理的真實和內在渴望的滿足，正如知名奇幻文學作家彭懿所說：「好的幻想小說都是成長小說，如一面鏡子，能照出孩子的自我。它是孩子們演練內心衝突的一個舞臺，它是一次孩子們的自我發現之旅。」❸

成長是人生不可規避、無法遁逃的歷程。相信各位讀者置身於《太初傳說》浩瀚深邃的上古世界中，在享受馳騁幻想的樂趣外，也能將故事中每一個角色的經歷，化為自我的一部分，以此擴建出現實的理性秩序，並整合成新的世界觀。最終看見隱藏在故事中「貫穿古今」的智慧，茲以面對青春時光中，激昂快意、浪漫熱血、衝動反抗下的焦慮與迷惘。

誠摯邀請喜愛奇幻文學、有勇氣探索自我的少年們，細細品味這系列透過秋芳老師轉譯、來自上古眾神獸的成長處方箋。

---

❶《2050 科幻大成真》（二版），加來道雄著，鄧子衿譯，時報出版，二〇一八年十二月。

❷ 洪素珍，〈辛苦是長大成人的必然之路〉，《轉大人的辛苦：陪伴孩子走過成長的試煉》推薦序，心靈工坊出版，二〇一六年七月。

❸《我的紙上奇幻之旅》，彭懿著，明天出版社出版，二〇一六年六月。

【作者序】

青春無悔，望盡天涯路！

黃秋芳

二十世紀，人類智識走向最輝煌的「日出時刻」，神性崇拜日漸凋零、AI智慧仍未興起，我們自許「人定勝天」，期待科技和理性為人類編織出幸福生活的藍圖。經過百年努力，無邊涯的技術競技、商業爭併，個人主義無限膨脹，愈來愈熱鬧的人際關聯映襯出來的疏離，讓二十一世紀的我們，淹沒在痛楚和迷惑中，生活變方便了，感情滿足卻不曾「更好」。我們失落、漂流，開始想念「不需要理由就可以得到安慰」的魔法，神靈、精怪、魔魅、仙俠……各種各樣的奇幻異術、神祕冒險，以驚人的聲勢席捲了閱讀和創作，《山海經》的傳奇詭祕，在影音資訊愈來愈繁複的現代，透出更多嶄新的詮釋，形成浪漫的「閱讀復古」，支撐我們，相信天真，回歸單純。

《太初傳說》三部曲，就在這種魔法浪潮中，以《山海經・西山三經》為圓心，在無限寬闊的天地星海，捏塑出世界的成形與競爭。從《遂古之初》出發，天地鴻蒙在災厄痛楚中找出秩序，跟著「阿畝」的一抹靈氣展開探險，在征戰和庇護中蛻變成「西王母」，最後和生靈並肩走過苦難，成熟為「王母娘娘」，領著我們，拼貼智慧和勇氣，展開行動，堅信天地神聖，面對萬事萬物，學習溫柔和謙卑。

時空軸再銜接到《崑崙傳說》三部曲。繞著天帝駐守的崑崙山，穿越上神爭戰與混沌，透過燭龍、帝江、蚩尤、刑天、陸吾、英招、相柳、鯀(ㄍㄨㄣˇ)、禹、共工、應龍、天女魃(ㄅㄚˊ)、后羿、嫦娥……這些我們熟悉的神話世界，呼應屈原在〈天問〉中的扣問：宇宙如何生成？陰陽如何變化？日月星辰為什麼不會墜落？從遠古神的競爭和合作、不同上神集團的堅持和失落，透過謎案釋疑和轉生奮鬥，慢慢靠近圓滿，只是最後，還是留下了許多來不及解答的謎題，和難以挽回的遺憾。

到了《會朝爭盟》，離得很遠的上神選擇隱去，靠得很近的陸吾選擇放手；白澤衰老，開明和莊園孤兒都長大了；一直忙碌的南極仙翁還是很忙碌，一直淡定的王母娘娘也還是很淡定。所有前行世代的成就和失落、選擇和堅持，以及埋在《崑崙傳說》裡的謎題和遺憾，都變成新世代的青春翻覆！謎題必須解答，遺憾在尋找出口，青春接棒後的不同信念和力量，難免也衝撞出更多的謎題和遺憾。

王母娘娘身邊的「阿狡」，代表一種強大實力的自由。天荒時期的小孤兒，成長為七色仙靈，鞏固實力，形塑更多可能；大鵟、小鵟和青鳥，藉鴟娘和傲佪的情緣牽繫，打造出自己的情報網絡；鶴童和鹿童靠在阿狡身邊，隱隱成為生活選擇的指標。

崑崙集團的「開明」，是在犯錯邊界不斷整合的活力。「深藍溶穴」是神獸樂園的庇護和支撐；「星河宴」是想家的密碼，「擁抱廊」是傲佪和視肉轉侷限成優勢、化腐朽為神奇的合作；在弱水邊舉辦的「吃到飽」盛宴，為飢荒織綴美夢，也揭開視肉獸的家族祕辛。

融古鑄新的「吉羊」，則是在毀滅後重生的創造和守護。山神的犧牲、含羞草的絕望、英招的痛悔、百花仙子的惆悵，都在「鑄實種子」花開後萌芽重生；小山神和相柳遺孤的糾纏，走出嶄新的生命樣貌；羊過轉生回魂，兜兜轉轉徘徊在還情又尋情的旅程；老山神庇護過的小鮹魚，在幾千年的守護後，成為吉羊和如意的弟弟「平安」，三個小山神在充滿記憶的老家再造平安居，一起守護護生山。

從玄幻神話到真實人間，所有天上、人間的故事，各種各樣獨特的生命樣貌相互映襯，讓我們看到青春無悔，各級生靈都在拼命努力。如意為了籌建「地靈陣」，讀萬卷書又行萬里路，這是屬於他自己的艱難奮鬥；然而，他又有這麼多牽掛，透過「如意鏡」關注著阿狡、開明和吉羊的守護和翻新，忍不住好奇，究竟誰更厲害？

這就是生命的陷阱，追逐「誰最厲害」的執迷，映照出掙脫不得的人生漩渦。星辰萬有的想像和遷徙、神話傳說的崩裂和重整，都在對應世間的威權競爭。只有學會自制和約束，才能在太平盛世找到希望，這也回答了屈原在〈天問〉中的：「會朝爭盟，何踐吾期？」

諸侯盟約，為什麼大家願意如期守約？因為啊！望盡天涯，各安選擇，我們才能在謎題和遺憾中繼續往前走。宇宙洪荒，怎麼可能沒有謎題和遺憾呢？更多的謎題、更多的努力，卻又不得不留下遺憾，如泡泡浮現又碎。開明這樣就算長大了嗎？阿狡有辦法修復青鳥割裂的離魂嗎？青鳥的愛情會開花嗎？鴟娘最後去了哪裡？如意什麼時候會長出蟠角？羊過到底有沒有機會找到女媧石？吉羊的護生山，未來將變成什麼樣子？

三部曲最後的《薄暮雷電》，將閃現模模糊糊的聲影爍亮。小鮹魚經歷過什麼苦難和救贖？阿狡遇到燭龍，為什麼會任性得像個孩子？「如意旅棧」的釀兒前身，原來是一株蓇草耶！吉羊的戀愛，如意怎麼成功硬拉著羊過一起湊熱鬧的呢？天神長乘怎麼長得這麼像西王母？阿畝成為無所不能的王母娘娘後，為什麼還找不回最初的好友？還有其他更多更多《山海經》的神靈異獸，他們都在想什麼？

這無窮無盡的問題，沒有標準答案，我們只需要知道——但求「盡己」，天地就會生成我們喜歡的樣子。

目錄

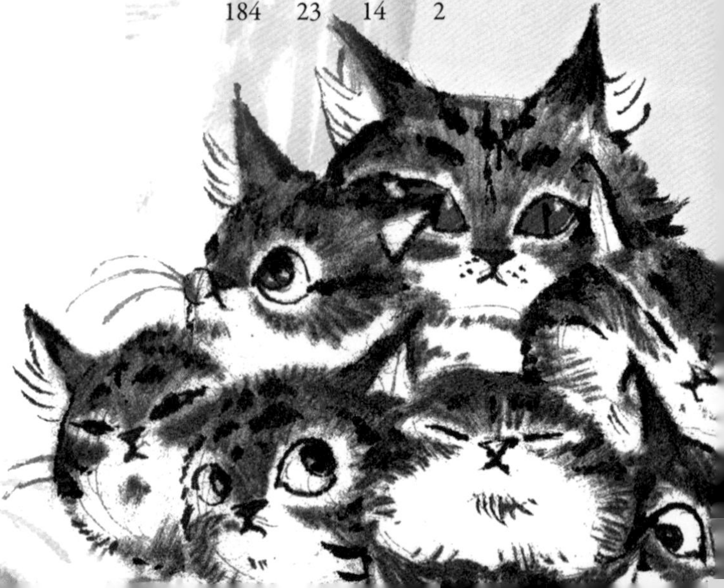

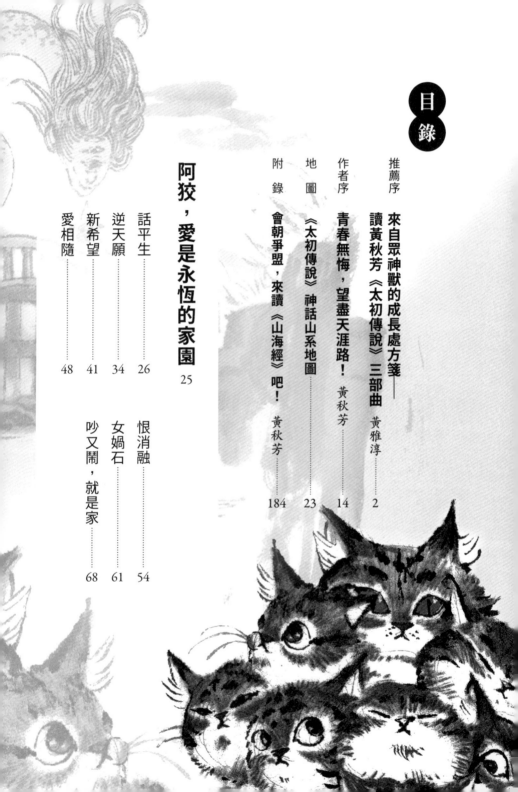

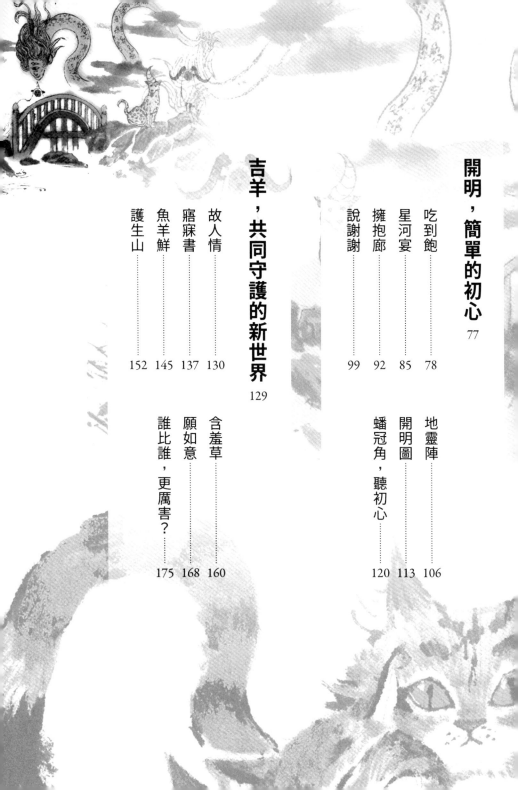

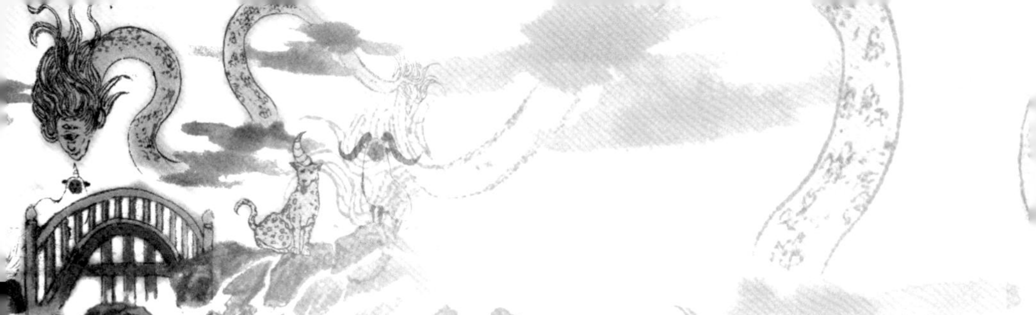

開明，簡單的初心 77

吉羊，共同守護的新世界 129

嬴母山
樂游山
崑崙山
槐江山
泰器山
鍾山
峚山
不周山
長沙山
崇吾山
北
西
東
南

《太初傳說》神話山系地圖

——取自《山海經・西山三經》

阿狻，愛是永恆的家園

1 話平生

「有客人喔！」領了個大眼睛的大男孩踏進延壽園，「鶴童」遠遠的拉開嗓門大喊。「南極仙翁」正彎身撥開纏繞在小白茖（ㄐㄧㄡˋ）樹邊、幾株頑皮的靈芝仙草，這些仙草脾氣都很大，對這幾棵從命者山移植過來的新鄰居，不算太友善。但是，那種充滿好奇和試探的靈力，也透過這些活力充沛的糾纏，慢慢遞移到白茖樹裡，有助於他們適應這片嶄新的風土。

這些時日，仙翁不好走遠，他每隔一段時間，就得整理一下白茖樹和靈芝草的牽纏，讓他們保持「有點黏、有點不黏」的關係。白茖樹吸收了一點點靈芝草起死回生的神奇靈力，就可以強化止餓、解勞、去憂的效能；靈芝草長期纏縛白萏樹，慢慢也為原先起死回生的功效，注入更多快速復原的可能。

「大自然相生相剋，彼此多留一點尊重的空間，就可以活得更有滋味。」他常常告誡生活在南極洞府的孩子們，可惜，他們都不明白，還是喜歡相互欺負。幸好，在一起的時日長了，多半會留點餘地，小打小鬧，也就算了。只是，白萏樹剛遷到新地方，有點怕生；靈芝仙草仗著自己是「師姊」，朋友又多、聲勢浩大，無法無天的作弄起白萏樹，每次都得靠仙翁費心安撫，要不然，白萏樹就整天眼淚汪汪，吵著要回侖者山。

「都怪鶴童！」要不是鶴童抓住他們，到現在，他們還藏在侖者山層層起伏的地形皺褶間，地遠幽僻，比誰都活得更隱密、更自在。

當這些野生白蓉樹在延壽園吸收到微薄的天地靈力後，形成共同願望，只要看到鶴童靠近，就拼命迸裂樹皮，對準鶴童噴樹汁，把那張清秀的臉抹得血紅。靈芝仙草看著鶴童紅通通的臉，笑彎了腰，難得的，自願和白蓉樹同心協力，聯手惡作劇。鶴童學聰明了，總是繞路而行，離白蓉樹遠一點，要不是這次來的客人有點來頭，他才不想這麼靠近呢！仙翁站起身，回頭瞇了瞇眼睛，一會兒就笑了：「阿狡來啦！阿畝好嗎？遷到瑤池聖境，安置得如何啊？陸吾那傢伙，不敢虧待她吧？」

「他哪敢？」鶴童得意洋洋，這可是戰神「阿狡」耶！說真的，這麼悠長的歲月裡，他們躲在幽靜的南極洞府清修，出入都是靈山絕嶺，品啜清水，仰望青空，大家都說，鶴童的羽翼能帶起透亮的光往上飛，愈飛愈遠，洋溢著無限希望，真沒幾個比他更清秀了。可是，他看阿狡，就是在清朗中還帶著幾分神威凜冽，像個小粉絲著迷著：「阿狡實在太帥了！」

自從經歷過天崩地毀、上神對決和天荒磨難，天地神靈在辛苦重整時，連連遭遇到瘟疫侵襲，平野的「蜚（ㄈㄟˋ）」、森林的「絜（ㄐㄧㄝˊ）鉤」、赤如火焰的「㹻（ㄌㄧˋ）」和宛如夢魘的「跂（ㄑㄧˊ）踵（ㄓㄨㄥˇ）」，擊碎了安穩的生活。好不容易，並肩走過災難，無論任何層級的仙靈都能理解，幸福得來不易，四處都在傳唱「帝江」透過「留聲雲」播放的〈永安調〉。西王母「阿畝」斂起神能，卸下備戰的尖銳虎齒和護體豹皮，整煉出無需耗用靈力的人形。日子過著過著，毫無武裝的「脆弱人形」，成為和平象徵，慢慢形成風潮，不知道又經歷過多長的歲月，各級仙靈都跟著卸下備戰神能，修煉出最不耗靈的肉身。

像在他們這裡，仙翁喜歡長長的白鬍子，一絲一縷，都灌注了靈力自由運用，非常方便；「鹿童」悠閒慣了，每天在鹿鳴苑晒晒太陽，養出幾分富泰；鶴童自己則東忙西跑，輕瘦靈巧；阿狡和他一樣瘦，但是骨節崢嶸，清秀中帶了點威嚴，好像可以把四周的空氣凝斂出淡淡的肅颯，只是在七彩的眼睛裡，琥珀色瞳仁透出的清澈明亮，有點像西王母的毛皮，在霜冷中浮著幾分溫暖，讓人多出幾分親近。散布在各地的各級神靈精異，能力所及，一旦修煉變形後，多半也幻化成人形，爭戰變少，生活變得熱鬧，原來，太平歲月就是這個樣子。鶴童忍不住開心嚷著：「太好啦，好久不見了。」

他撲向阿狡，向前一翻，化成一隻細膩纖巧的白鶴，嘴一啄，阿狡躲了過去，孩子氣的回咬一口，身形一低，現出牛角豹紋犬原形，威風凜然，準備大戰一場！打架、玩耍，是這些靈禽神獸的本能。南極仙翁心疼他的花樹，手一揮，袖子一捲，就把他們兩個推出延壽園，呵呵笑著：「別胡鬧了！滾遠一點，待會兒打翻我的寶貝花樹，有你們好受。」

鶴童也不問阿狡為了什麼事來找仙翁，興奮的叼起他，迅速飛往鹿鳴苑去找鹿童，成群的小鹿兒鼓瑟吹笙，一籮筐又一籮筐的送來妝點精美的野食。待在久不見的老朋友身邊，阿狡難得輕鬆，回到小時候的習慣，啃咬起各種各樣的花、果、枝葉，和白鶴、仙鹿玩到四腳朝天，惹得小鹿兒竊竊私議，這些主管們只顧玩，完全忘了形象。

他們三個，平常在自己的領地，都算「掌家」的小家長，好不容易聚在一起開同樂會，都變回純真的孩子，像平常他們看不上眼的小仙靈般，聊天、八卦，開開心心分享崑崙山大總管「陸吾」為天帝打點出來的太平穩固。阿狡忍不住模仿起陸吾的九條尾巴，胡亂扭動，說到起勁時，大家又打起來，嬉鬧著，搞得灰頭土臉，直到鹿童微喘，搶先幻回人形求饒：「投降，我投降了！你這頑皮豹犬，誰都打不過。」

聽到「白澤」的孤兒莊園接納了愈來愈多孩子，鹿童特別高興。鶴童也賣弄著在四地聽來的「巫彭」靈巫團故事，愈說愈神祕，連被「芥子通道」送到另一個時空的「青耕」，也變成美麗的傳說。難得鶴童和鹿童意見一致，用誇張的語氣打趣：「傳說啊，洪荒慢慢安定，經過千萬年淨化的天地至清正氣，在神祕珠列島聚攏的上神阿畝，帶著靈獸『阿狡』、『阿猙』、『阿狕』，和神獸『畢方』，以及三隻忠誠靈巧的青鳥，組成一個親密又強大的家族，無可匹敵，這可真不得了啊！」

「每一個故事變成傳說，總是特別美麗，但其實都不是真的。」阿狡搖搖頭，深刻體會到天地間，哪裡有永遠的親密和強大呢？當年，天地初生，阿畝深怕溫柔的阿狕撐不過暴烈惡鬥，送他到北荒最遙遠的隄山，一家人陪著他過了近百年的寧靜生活，期盼他可以一直活得很開心，這是他們的共同選擇。

後來，失散多年的阿猙，在隕石雨中巧遇由「盤古」最後魂魄化成的「燭龍」，跟在他身邊幾千年，薰染著上古氣息，以太古神能為各級仙靈辟邪、除祟。在壓制大火蔓延時，阿猙重遇童年死黨畢方，久別重逢，說不完的英雄抗爭，逆轉宿命、重整天地秩序，成為共同的願望；怎麼也沒想到，生活安定下來後，他們兩個竟決定離開玉山，越過軒轅丘、積石山，隔著長留山，選擇在章莪山定居。最後，阿畝也說：「孩子們長大了，活得自在就好。」

2 逆天願

從小跟著阿畝長大的阿狡，相信天地萬物，聚則成形、散而為靈，每一片草葉、每一滴水澤、每一顆生命分子，彼此相關，由一化生一切，一切又將合一，雖有強弱，其實不分高下，只要各安其所、相互尊重，就是太平歲月。當各級生靈獲得強大力量而無所節制，一旦無忌妄為就墮魔了，不管是上神、仙靈、妖魅……墮魔都不意外，因為魔不是物種，而是一種狀態。最重要的是，無論環境如何惡劣，都要記得：只要並肩同心，生死艱難都不可怕，一定會找到辦法！

他記錄了各種對抗方法，渴望傳遞到千萬年後。為了完成他的願望，「小青鳥」瞞著「大鵹（ㄌㄧˊ）」和「小鵹」，割裂本源，分出魂魄在人間轉生，連她自己都不知道，從此再也不能修煉晉級；後來，好不容易靠南極仙翁煉製出小白蓉樹的本命根源，種進她的心口，才慢慢修復裂痕。當阿狡發現青鳥的修煉，可以依賴小白蓉樹的本源補強，便特意趕來延壽園索要白蓉樹，盼著加速她的復原，降低心裡愧疚。聽到這裡，鶴童笑了：「喔，大老遠跑一趟，就是為了這事？我告訴你，那可不容易。白蓉樹移植不易，你看仙翁費了多大心思！而且這樹的脾氣難纏得很，恐怕不容易搞定。」

「瑤池聖境的土地，這幾千年來，藉度朔山蟠屈三千里的桃木靈枝和不死神樹接枝扎根，溫養出強大的靈能。」阿狡看著從小在生機蓬勃的南極洞府長大的鶴童和鹿童，一邊解釋，一邊又充滿期待，希望他們可以提供一點意見：「阿畝曾說，只要我能濾掉大部分來自上古的神樹靈力，每天一點點、一點點，小心注入靈識，裹覆著脆弱的小白蓉樹，協助扎根，直到他能夠靠自己吸收聖境的土地菁華，慢慢就能轉生成白蓉神樹，是嗎？」

「活不了。」鹿童搖搖頭，因為長期照護花靈草精，知道他們的極限，他不忍直視阿狡失望的眼神，只好別過頭低聲說：「樹靈經過天地涵養，時間拉得愈長，就愈強大，但是，任何一株植物在移植的最初，都很脆弱。你看，『女媧』五色石的上古靈能，力量有多驚人啊！但無論注入多少心血，絳珠仙草轉生到人間，才剛滿十六歲就夭亡了。瑤池聖境的靈能也是這樣，這麼強大的灌注，就算有你護著，小白蓉樹也撐不住。」

「可是，阿畝說……」阿狡還沒說完，就被鶴童打斷：「唉唷！王母娘娘一生結交或作戰的，不是實力強大的遠古上神，就是機緣獨特的神獸、異靈，她在生死邊陲裡奮鬥久了，熬不過，也都認命了。這方法可不可行，沒人知道，她不過就想安你的心。」

「就算不能完全修復本源，只要……」阿狡的眼神在傷痛中又寄託著希冀：「還是有沒有任何方法，可用來補足青鳥的靈識裂隙？」

「割裂本源，是青鳥自己的決定，也是她受人尊敬的使命。」鹿童嘆了口氣，老實說：「你要看開，這真的不是你的錯。」

「是啊！你想，這天地間哪裡不是千瘡百孔呢？」鶴童四處遞信，遍經辛酸破碎，特別看得剔透：「天地安定，各級神靈寄寓山川，崑崙山有白澤在養護孤兒，王母娘娘帶著七色仙靈們在玉山安家，依循著早已習慣的靈能繼續修煉。說起來啊，現在各級生靈都過得不錯。」

阿狡褪去頑皮撕咬的淘氣，陷入深思。跟在阿畝身邊，走過太多腥風血海，他的心志，比任何夥伴都堅忍，很少中途放棄。這樣想了一陣子，他決定轉個彎，向仙翁索要七顆白茖果實帶回玉山，透過七色仙靈的修煉，趁百年一次的大會考，讓掌管風調雨順的紅衣仙靈蘊養樹種；關心家庭美滿的橙衣仙靈，用愛澆灌古怪的小白茖樹；黃衣仙靈守護嬰幼成長，當然比任何人更小心庇護；綠衣仙靈專嗣事業運通，足以喚醒白茖的自我期許和生命尊榮；藍衣仙靈護佑長壽賜福；靛衣仙靈管理身體健康，抵病抗傷；紫衣的情意綿長，說不定可以找出無從限制的精神靈力，活化樹的生長。無論任何一個仙靈，只要讓小白茖樹安然長大，並且找到方法，修復青鳥本源裂隙，就是驚人的突破，消息傳回瑤池聖境，一定會讓王母娘娘開心！

阿狡還沒回到玉山，接掌三危山信息總監的「徼佪」就已經接到消息，預先通知三青鳥，讓她們提前到玉山，和整座玉山的七色仙靈們討論。仙靈們長期崇拜王母娘娘，不斷突破訓練，經歷百年考核，永遠是菁英中的菁英，建立出更嚴謹、也更有效率的大家庭，是競技，也是尊榮的自信，大家精神一振，全心拼卻一切，戮力完成。

她們不想照著阿狡的規畫，在七色分區各自競技，而是根據三危山的信息分析重新確認地質，找出七個靈力溫和、礦質豐富的地點，準備移植。七色仙靈並肩走過漫長歲月，在那麼多的爭戰混亂中一起倖存下來，早就團抱在一起，你支撐我、我庇護你，很快就熟練的做了分工：紅衣仙靈先引風伯、雨師，調整土壤溼度；橙衣和紫衣仙靈根據青鳥送來的侖者山地形報告：「其上多金玉，其下多青雘（ㄏㄨˋ）」，一起在向陽坡闢建出閃爍著金色光點的「玉頂岩傘」，更摺曲地礦，埋下大量的石青地脈，為小白蓉樹準備原鄉地景。

阿狡回到玉山，非常感動，安心的把果實交給黃衣、藍衣和靛衣仙靈一起照顧，希望這些小白蓉樹可以健康長壽、好好長大。綠衣仙靈忍不住抗議：「怎麼大家都忘了我們？我們也是很厲害的啊！」

「是啊！你們實在太厲害了，好好發展種樹事業，我再轉託傲徊替你們好好宣傳、發包。」青鳥剛想打趣，七色仙靈已經團結起來，堵住青鳥，作勢要拔她一向愛漂亮的毛羽，她立刻求饒：「我錯了，不敢啦！謝謝各位好心的仙靈大姊們為我奮鬥，大家都好拚命啊！我都要哭了，嗚……」

「別裝了！」就在青鳥的假哭聲中，大鵟和小鵟忍不住聯手拔下幾根她的毛羽，啐(ㄘㄨㄟˋ)了句：「你這隻頑皮鬼！」

阿狡心心念念的願望，成為大夥盡人事、逆天命的團隊競技。終於，七棵小白蓉樹抽長出來，比南極仙翁延壽園的任何一棵，還要更美麗。

3 新希望

隨著守護七棵小白茖樹的成長，卓然突出的七色仙靈，聯手布下吸收天地靈氣的滋養圈：紅衣仙靈掌管天候：黃衣仙靈守護樹種：藍衣和靛衣從白茖樹心煉接出細細的健康引管，每天一早，在曙色初醒時集滴著最乾淨的凝露，讓紫衣仙靈送到三危山。青鳥吸吮著白茖凝露，精神愈來愈好，七棵白茖樹也在體貼的橙衣和綠衣仙靈的陪伴、鼓勵下，掙脫靈芝仙草的記憶干擾，伸張得愈來愈壯闊。

七色仙靈往返崑崙山，總是被淘氣的「開明」吸引，後來，還注意到「吉羊（ㄒㄧㄤˊ）」、「如意」那兩個孩子，看起來有點神祕，每天都纏著阿狡，想知道他們的來歷。阿狡自己也一知半解，只記得，千萬年前，王母娘娘受白澤所託，答應照顧藏進翡翠蜈蚣燈裡的「羊過」，不讓別人發現他是凶神「相柳」的遺孤，以及和相柳對決時自願殉身相搏的山神「扶生」，他的雙胞胎孩子吉羊與如意。聽說，阿畝不忍這兩個孩子承接一整座山的靈能和傷痛，加上排山倒海的憤怒和苦恨，就把他們的魂魄裝進「綠幽繭」，送回珠列島的天極「荒墟」，埋進轉瞬隨即消失的「綠幽流」，期盼經過千萬年的淨化，能打開孩子們的心靈，紓怨、卸苦，增強悲願，培養日後接棒扶生山的開闊和豐饒。

「讓他們先沉睡一陣子吧！」阿狡模仿著王母的溫柔一笑，大家都笑了。那時候的他，雖然離對話現場很遠，仍可以清楚感受到，白澤緊繃的心，終於鬆下了！總會有一個剛剛好的機會，可以喚醒孩子們，找到屬於自己的福緣。只是那時候的他們都沒想到，這一等，就是千萬年。

年紀增長，經歷的事情多了，阿狡慢慢領略，生命中的每一個決定，都是充滿未知的探險。他和阿畝、陸吾一樣，愈來愈尊敬白澤，看他帶著這麼多的孩子，每個決定都下得戰戰兢兢，深怕做錯了選擇，一轉彎，就影響了孩子們的一輩子。這得承擔起多少壓力啊！崑崙山的各級仙靈，知道他無從退卻的蹣跚掙扎，總是或多或少、或顯或隱的幫忙，希望他的莊園運轉得更順利。阿狡不知道的是，當陸吾寵愛的小開明，摘了一千零兩顆星星做星星樹，王母娘娘震怒，亦父亦友的「英招」也和他斷交，在絕望的沉睡、瘋狂的修煉，和不顧一切的贖罪渴望中奔波反覆，這才是白澤認準的轉機。

他確定機會來了！只要跟著開明，就可以帶吉羊、如意和過兒回家，讓他們在天真的熱情裡，重新認識世界。不過，儘管做了這個決定，他還是有點不放心，在拜訪王母娘娘前，先找了陸吾商量。知道白澤想把吉羊、如意交給開明，陸吾有所疑慮：「真打算讓他當監護人？這孩子，根本還是個闖禍精啊！」

「闖禍，沒關係。這世間沒有不闖禍就能得到的智慧。」白澤眼神燦亮，對未來充滿希望：「只有跟著像小開明這種，沒經歷過真正戰亂的悲切、相信『一切都可以重新開始』的新生代，才能劈開挫折和痛苦，從絕望中接生出新希望。」

陸吾非常欣慰，白澤長大了！敢於作夢、勇於冒險，再不是從前那個悲涼孤苦的小孤兒了。以前他總擔心，白澤全身經脈被霜刀震裂，雖然藉助天尊至寶「三陽開泰」起死還生，仍然傷了元神，變得極度畏寒的體質，不知道還可以撐多久？為了修復這孩子的缺損，他費盡心血，半生都在尋找女媧石。一得手，立刻趕到白澤莊園，傳給他「護心」功法：女媧補天，常人多半以為是黏合女媧石，或是藉靈性張合填滿天洞；其實，女媧石最神奇的，是石心脈絡的舒張和纏結，能化為一絲又一絲看不見的靈線，緊緻細密的延伸，像植物在伸張枝枒，彼此交錯，有如一棵壯闊的「魂魄神樹」，在天地間盤根錯節，牢牢抓實天荒地土。

「你知道嗎？等你完全吸納了女媧石，重續筋脈、復活心血，就能真的健康起來了！」當陸吾運用神力把女媧石推進白澤心窩後，由衷開心起來。沒想到，他一離開，白澤就取出女媧石做「陣眼」，重新在莊園裡布陣，期盼不同個性、不同成長背景的孩子們，無論互助或隔離，都可以在女媧石的護佑裡，成長得更安全。

但求盡己！是白澤一輩子堅持的信念，總是與世無爭，安安靜靜的守著莊園，教養著一個又一個孩子，讓每一個生靈都能自由成長，就是他的願望。孩子們長大了，有的離開、有的留下、有的離開又回來、有的回來又離開……而他從來不求回報，只要這天地，他所看到的無依都能得到庇護，也就夠了。

即使這樣耗盡心力，努力護持著莊園裡每一個孩子的成長，白澤心裡還是藏著隱隱的恐懼，怕自己活得不夠久，來不及找到合適的機會喚醒吉羊、如意和過兒。他好不容易發現開明，這孩子元氣淋漓，先天複製了陸吾的周全，後來又模仿著英招的率性，王母娘娘的就近引領和霜肅嚴懲，則加速了他的成長；最難得的機遇是，通過燭龍、女媧的神識聯繫，他熟悉上古神能的糾結混亂，對所有的奮鬥和缺憾，有尊敬、有心惜，卻不會纏縛其中，反而拉開時空距離，深思熟慮，所以才能創造出更適合各級生靈自在生活的「神獸樂園」。

決定把這三個孩子接回來後，一開始，白澤就知道不容易，但沒想到還是讓王母娘娘耗盡真元，經過一百年的沉睡才慢慢修復；從她手上接回翡翠蜈蚣燈和綠幽繭時，三個孩子的魂魄，跳竄在他心裡，白澤明白自己永遠沒辦法鬆懈，只覺得責任更沉重了！

翡翠蜈蚣燈的光很冷，千萬年來，羊過就縮在「離光珠」的強大靈力裡，吸收天地靈能，淨化邪祟、粹集正氣，慢慢透出暖意；吉羊和如意沉睡在綠幽繭裡，過往的激切，待在千萬年來冰涼的「綠幽靈」水晶簇裡，不知道是不是學會了守護一座山的開闊和豐饒？

4 愛相隨

為了讓這三個孩子好好長大，白澤加固隔離陣法，安排羊過獨居；接著在充滿山川地靈的專用藏書閣邊，準備了吉羊和如意的睡房，誘引他們在讀書、鑽研中找到生命熱情；最後再反覆核實自己定下來的教養計畫，確定一切都就緒了，才釋放他們的魂魄，讓孩子們在真實生活的起落浮沉中，找尋自己真正想要過的生命方向。

沒想到，即使沉睡千萬年，吉羊和如意還是對羊過生出本能的敵意，很快在家族神籍裡拼出真相，溫暖的陪伴和專注的學習，仍舊無法澆熄「復仇的火焰」，在吉羊的堅持下，他們開始了永不懈怠的搜尋和追捕。而羊過靠著求生意志，鍛鍊出不顧一切都要活下來的靈能，在孤單長大的寂寞中，愈來愈叛逆，每一天的日子都是翻天覆地的反抗、爭鬥和逃亡。

白澤透過精巧的幻術，阻斷羊過一切生路，只留下一小縫缺口，讓他逃竄到瑤池聖境附近。他那強烈的求生意志，以及對照起來還很稚嫩的求生技能，一定會引起阿狡注意，無論生死，那都是羊過最需要的訓練，也是白澤不可能提供的養成過程。無數次在瑤池聖境附近被阿狡攔截，聰明的羊過很快發現，這隻神祕的牛角豹紋犬，總刻意留下一些漏洞，讓他在逃生後回顧、整理、改進，並且會在一些相似的絕境裡，重複一些武技，讓他咀嚼、消化，在搏命邊緣深刻學習。

這樣的進境，讓他在絕望裡生出一點點溫暖，甚至在生死邊陲，都可以感覺到一種說不出來由的小心迴護。說到底，他就是個孩子，還是想要得到更多的愛、更多的親密靠近。有時候，他故意放慢速度，想要確定豹紋犬對他的善意，一察覺他的刻意怠慢，阿狡會忽然凶意熾烈，用更艱難的廝殺和更恐怖的挑戰，讓這孩子明白，生死搏鬥，絕不允許撒嬌、靠運氣，每一次都只能全力以赴。這樣打了十幾年，他們不曾對話，卻也培養出真摯的感情，不必再依賴白澤的幻術指引，羊過慢慢可以歸納出阿狡的行動模式，嗅聞出他的位置，每隔一段時間，只要他發明了新的搏殺技，總會想盡辦法，攔截阿狡做練習。

有一次，羊過退據在懸崖邊，退無可退，知道自己必須拼卻全力，盪過深溝，攀向崖邊的大樹；阿狡也判定他可以跳上去，就猛力前衝，直撲向他最脆弱的肚腹。不知道是寂寞了太久，還是疲累，或只是說不出的貪戀，羊過停下，忽然發現自己並沒有那麼渴望求生，只想知道自己值不值得被愛？想進一步確認，艱難的生活值不值得繼續堅持下去？他挺身迎向撲擊，暴露全身弱點，不顧一切的冒了一次險，阿狡停不下角，狠命一插，血霧從羊過的肚腹噴出，傾天漫開……

阿狡驚慌的揮出靈能罩，套住羊過，透明的靈罩瞬間噴滿血色。隔著血汙髒亂的透明罩，他看見羊過微微笑了起來，他的笑，這樣脆弱，卻又這樣歡喜滿足，而後才慢慢昏了過去。阿狡焦慮的尖嘯一聲，急切召來三隻青鳥，讓小鵹和小青鳥到瑤池聖境禁地，撿拾桃木靈枝和不死神樹接枝扎根處附近掉落的枝葉，愈多愈好；同時叫大鵹立刻回玉山，召集七色仙靈，想辦法連根帶葉，摘一棵完整的白蓉樹過來。

不知道過了多久，羊過慢慢甦醒，屋子裡的薰香，帶著淡淡的青草味，來自三隻青鳥每天不斷補充的桃木靈枝和不死神樹接枝的落葉。稀釋過的薄薄靈能，安定著他的神魂，耳朵邊不斷聽到小鳥兒的抱怨，吱吱喳喳數落：「至於嗎？這麼浪費！」「這是幹麼啊！白白浪費一棵白蓉樹？」「不能像青鳥那樣，餵幾滴凝露就好嗎？」……

後來羊過才聽說，阿狻以全身的靈能當煉爐，吞噬連根帶葉的白蓉樹，煉製出本命根源，在他昏迷時種進心口，還不眠不休的協助他吸收、整合，不僅修復了肚腹的裂傷，更重要的是，也慢慢滋養了他那從小到大因過度耗損而焦燒乾涸的心縷血脈。在長達一年半的半醒半睡間，阿狻探出藏在羊過血脈深處的相柳神能，於是小心濾盡躁惡，接引出上古靈體，讓他在甦醒後，感受一種脫胎換骨的力量。看到羊過醒來，阿狻準備離開了，他沒有指責他的衝動行險，只摸摸他的頭，交代一句：「以後不許偷懶了。」

羊過此後再不曾見過阿狻，有時甚至會懷疑，自己會不會只是作了場夢而已？然而，隨著靈能增強，他愈來愈能夠感受到身體筋脈的改變，有一股深沉的上古神力，像鑿開小小的河道，跟著血行周繞全身，涓涓細流，反覆溫養著靈脈；還有一股來自心口的靈力，像活泉噴捲，耐心的修潤他的疲倦和乾涸。以他現在的靈能，所有的傷疤都能抹去，他卻固執的把肚腹上的疤痕施術定形，也因為在不自覺間吸收了白澤的幻術，連自己都沒有意識到，肚腹疤痕慢慢被幻化成如小牛角的微凸，帶著淡淡豹紋，每一次撫觸，都有一種陌生又熟悉的情感翻湧，很難解釋，就是說不出口的暖，支撐著他，一直更努力！

生活的艱難並沒有減少，回到白澤莊園的日子，還是重複在恨意和殺氣中反覆逃竄，他卻新生出前所未有的力量，堅忍走過一場又一場「以為就要撐不過去了」的考驗。他知道自己不是偷懶，只是渴望愛，因為這樣他才有足夠的力量去愛、去付出、去完成更多做得到的夢想，不必任何人提醒，羊過在無止盡的鍛鍊和突破中，一生不曾偷懶過。

5 恨消融

看著羊過在無數次失落和重建中不斷進步，白澤覺得是時候了，一定得加快進行吉羊和如意，這兩個小山神的「養成計畫」。他故意在莊園迷宮安排了「保安漏洞」，讓吉羊和如意偷溜出去結識小開明，讓他們生出感情，並且要兩個孩子認開明為「小監護人」，跟著他搬出去。

小開明出生不久，比不上這兩個天才少年的千萬年靈命，加上他淘氣、衝動，總是被兩個頑皮孩子耍得團團轉。表面上看，他根本做不好監護工作；事實上，這兩個只知道讀書和復仇的孩子，在綠幽繭裡沉睡了千萬年，綠幽靈水晶簇的天地靈能，讓他們能夠在初醒時就跟著開明，與更多並肩奮鬥的夥伴，一起打造安全的「神獸樂園」，這種有目標、有方向，而且不斷在付出中看見希望的共同生活，讓他們摸索出一種前所未有的熱情。

讓吉羊和如意跟著開明，傻乎乎的在不斷犯錯和修正中，努力著、奮鬥著，白澤特別安心。天地生靈的生成，從「元神」甦醒開始，連通太虛萬有，洞察宇宙奧祕；再透過摸索和成長，隨著各種歡喜或悲哀、得意或失落，帶動七情六慾和身心負載，凝聚成「識神」，而後為了各種成就滿足，往復奔忙；還有一些機緣特別好的生靈，會喚醒身體裡的「靈神」，和天地魂靈共振，淨化識神侷限、啟發元神境界。吉羊和如意的「元神」強大，靈活聰明，「識神」又單純，不太受現實侷限，未來的發展，定然壯闊而輝煌；至於開明，幸好他不曾受到壓制，具有非常獨特的「靈神」，涵取盤古、女媧這些遠古神的靈識，連接到涵藏混沌遺息的燭龍，從小到大，陸吾的寵愛、英招的放任、王母娘娘的期待，以及整座崑崙山生靈對他的包容，讓他在自由自在的生活中，放縱的摸索、真摯的愛，並且願意不顧一切的努力和付出。

白澤相信，當吉羊和如意深切領略了這種純真的愛，就能放下自己，真誠的關心更多生命。他總希望，莊園裡的孩子們長大以後，都有能力護持每一個生靈，自由選擇生活方式，不受侷限、沒有負擔，這是奮鬥到了最後，最有價值的期盼。

吉羊和如意雖然淘氣，其實也在和大家並肩打造「神獸樂園」時，感受到成長的美好。回想起待在白澤莊園的日子，他們沒有娛樂、沒有朋友，更不可能生出閒聊、遊戲的心情，只懂得日夜鑽研各種密技，經歷無數次搏殺和追逐，為「追殺羊過」的唯一目的活著。最挫敗的是，無論他們付出多少努力，總是在白澤有意無意的掩護中，功虧一簣，接著又陷入更瘋狂的搏殺和追逐。有時候，連他們都忍不住問起自己：是不是得放掉傷痛和仇恨，才有機會，靠近「愛」的本質？

白澤當然感受得到這雙胞胎的改變。尤其，當他找到借用「三陽開泰」的機會，讓羊過轉生到另一個時空，他讓大家看見「不受侷限、沒有負擔」的羊過，珍惜他最真實的善良內在。為了找到相互支撐的盟友，他決定先滿足充滿好奇的雙胞胎，為他們解說自己特別照顧相柳孩子的前因後果；也誘導如意想清楚，他只是順著哥哥，自己其實並不那麼想復仇，羊過也沒犯什麼錯，出身不能當「定罪」的理由；最後又巧設連環計，讓驕傲的吉羊欠了羊過恩惠，只要他想還恩情，就必須和大家同心協力，一起解決各種問題，完成逆天轉生的「不可能的任務」。

藍衣仙子掐算無數生靈壽限，匯集著數不清的零星時日，盜接壽引；紅衣仙子聯繫雷公、風后，接蓄山川靈能，領天引地，在天旋星馳間鑿開縫隙；再商請燭龍在月圓夜開陰眼，為轉生前的幽冥鑿路；吉羊和如意精密計算躁動靈力可能分岔出來的各種時空誤差；最後集結所有神力逆轉壽元，終於讓羊過轉生人間，平息焦土戰爭，擺脫「相柳兒子」的負擔，在證明自己的獨立人格後，重獲自由。

席捲人間的大規模戰爭終於結束，無論中土、北冰、東荒、南海、西島……經濟慢慢復甦，各地興設學校，增加交流，民主自由的新觀念，在混亂的土地上重新建立秩序。羊過完成轉生任務，沒急著重回崑崙，而是憑著記憶中的遠古典籍，以及天涯海角的流浪，在人間找到運用念力通幽冥、逆天綱的「物質交流傳送通道」，畫出樂遊山越西四百里後，那一片綿延兩百里的流沙，刻意隆起微微小山做指標，再以落空的思念和生死驟別的癡纏愛戀，撞擊出強烈牽繫，讓所有失去過所愛的人，手握一小把泥土，送出祈願和祝福，在另一個時空聚斂成神山。

回到崑崙山，羊過帶著吉羊和如意，回到他們以為早已被摧毀的家，看著微微隆起的山巒，他對吉羊說：「送你一座山。這是一座用失落和傷痛、思念和眷戀交錯累積出來的聖山，有你父神的壯闊和仁愛，有你母神的愛情和忠誠，更藏著千千萬萬的浮生夢想。我相信，你會和你父神一樣，不，你有他做榜樣，一定會成為比他更了不起的山神。」

驕傲的吉羊，靜靜看著羊過，最後，握住他的手，宛如這千萬年的仇恨，就在手握的溫度中慢慢消融。這時，掌心底傳遞出一陣灼燙，而後全身顫慄，吉羊捧住頭，拼命忍著，像整個頭都要炸開，忽然，他的頭兩端竟裂生出羊角，堅實、彎曲，而且愈長愈長。如意大吃一驚，忍不住怪叫起來：「哥，你長大了！」

長大，怎麼會出現得這麼突然呢？

6 女媧石

吉羊長出象徵「長大」的羊角後，如意非常不甘願，整天大嚷大鬧，要羊過也賠他一座山。只是，無論他們如何耗盡心思，誰也找不到羊過。如意不斷找吉羊鬧脾氣，逼他想辦法！吉羊抱著頭，腦子裡鬧嚷嚷的，簡直都要炸開來，他們兄弟倆追了羊過一輩子也沒追上，經歷轉生後，羊過晉級幻化，他們更拿他沒辦法了。如意不依不饒，整天耍賴，把吉羊剛獲得一座山的驚喜，以及長大、長角的成年尊榮，破壞得亂七八糟，讓他深刻理解：「不想打，又沒辦法解決，要不，就逃吧！」

原來，羊過就是這樣的心思。吉羊一想通，偷偷找上青鳥，獻上一整袋山神典藏級的無價之寶，精巧又獨特，最重要的是，經過千萬年的地靈烘焙可以趨吉辟邪，保證獨一無二。在大鴛的鼓勵下，持續為家人設計各種漂亮荷包的青鳥有點動心，這麼美的絕美冰晶，當然是最棒的材料，可是，她還是有點擔心：「說吧！想讓我幹啥啊？」

「瞞著如意，把我藏進瑤池聖境。」吉羊一說，青鳥可樂了！她巴不得瑤池聖境愈熱鬧愈好。她聯絡大鴛和小鴛，破壞了神獸樂園裡幾個迷宮基地，再找個理由去找開明，讓他帶如意去解決問題；接著把吉羊交給最溫柔的紫衣仙子，替他安置居處。

吉羊作夢也想不到，瑤池聖境也沒有想像中的寧靜舒適，青鳥和七色仙靈們每天都好吵，王母娘娘和阿狻卻好像都不管事？他只能放下驕傲，每天求這個仙子、託那個仙子，隨時隨地幫忙監控青鳥的嘴巴，千萬不要把他藏在這裡的消息洩漏出去。

「我哥哩？他不要我啦？」如意找不到吉羊，更生氣了！每天就嘟著嘴，賴上開明，從早到晚都在使性子：「憑什麼？我的角哩？為什麼我的角還沒長出來？難道我還不算大人嗎？我不管……」

開明沒辦法，只能拎著如意去請教陸吾：「小山神到底要在什麼時候才能長大、長角呢？」

沒想到，陸吾也不知道。更讓人想不到的是，當如意吵著要回白澤莊園時，發現既有的迷宮晉級加固、加固又加固，連這麼溫暖的白澤，都澈底把如意擋在園外。如意縮進開明懷裡，哇哇大哭；開明抱住這個傷心的孩子，非常無奈。他們現在懂事了，彼此都知道，論起實際年紀，如意可能比他還要「老」上幾千歲，可是，那又怎樣呢？誰也止不住他的哇哇大哭。開明一邊拍拍他的肩，拼命想出各種安慰他的理由，一邊努力控制自己，千萬不要冒出大家心裡都很想大嚷出來的真心話：「躲著如意，就是想圖個清靜啊！」

獨來獨往的羊過，看開明每天都被如意「綁」住，除了任他哭鬧，完全束手無策，沉靜的表情難得出現笑意。原來，自己隻身過日子也不錯；朋友多，麻煩也跟著多了起來。白澤知道他在想什麼，忍不住也跟著笑了。現在回想起來，羊過一路走來，前世、今生，都糾纏在飢餓、死亡、愧負、悲苦、孤寂中決然奮鬥，確實很不容易，無論別人怎麼說他性情決絕、正邪難辨，反正，他就是這樣！不做解釋，也不需要理解和支持，獨自靠著倔強的意志和誰都看不出來的深情，安安靜靜的，做他自己想要做的事。

這個叫他牽掛千萬年的孩子，吃盡苦頭、歷經劫難，所有的滄桑、橫阻和疼痛，都成為最深沉的教育，讓他在孤絕堅忍中，活得壯闊又強大；讓他深深領略，生命的咀（ㄐㄩˇ）咒和祝福，常常是相依相隨的光和影。宇宙的生成演化，就是反覆經歷成劫、住劫、壞劫……再重整出嶄新的生機。

白澤想起羊過從小就睡不穩，耗神、疲倦，常常眼迷、頭暈，但他不像阿狡那樣擁有神能，可以為過兒清血調脈，只能為他在睡房窗前種一株黃菊，把從陣眼裡挖出來的女媧石埋進根土，透過漫長的溫養和盤結，孵育出這棵樹的療癒靈能。天涼時，撿一些不太鮮豔、沒有黯點，還帶著鮮嫩花萼的淺黃花瓣，泡在清澄茶湯裡，浮出完整的花形，讓羊過長期的喝。

不知道是因為女媧石帶著靈性，還是熟悉了清雅的淡香，從小到大，羊過就和這棵樹親密相依。黃菊樹在沒人注意的莊園角落自生自長，從不和任何花樹競比，只在深秋開花，像他一樣，清冷而悠然。

即使什麼事都不說，只靜靜靠在樹幹上，他還是相信，這棵樹什麼都知道。轉生人間後的最深沉痛苦，就是「依依」為他的犧牲，很難相信這個隨時都會殞滅的卑微凡人，能夠牽動他日以繼夜的眷戀。

他從覆蓋依依的土坡上抓了一把泥土，裝在冰晶小瓶裡，就像帶著她的魂魄，繞遍天涯海角，心裡害怕著，回崑崙後，依依怎麼辦？如果可以，真想將這一小把泥土放回他最深愛的黃菊樹下。這樣天天想、天天想，直到這些強烈的思念，撕開時空通道，移轉到他最渴望的地方。當他趕回白澤莊園、在黃菊樹下找到一小把新土時，忍不住伏下身，不斷滴落的淚打溼新土，柔軟的土凹陷出小小的水窪，盛裝著愈來愈多、幾乎止不住的眼淚。

這樣纏綿的眷戀，透過淚水，滲入女媧石心，慢慢透出亮光。白澤接收到了，想起女媧石的靈能可以纏結心血筋脈，立刻抱住過兒，像當年陸吾運用神力，把女媧石推進他的心窩那般由衷的歡喜，飛揚起聲音笑：「我知道了！依依有救了，你也有救了！你知道嗎？依依的心魂，還依存在這把泥土裡。我們在這棵注滿你長期依戀的黃菊樹上，推進女媧石的靈力，依依便可以藉著樹靈重鑄魂胎、復活心血，你們就可以永遠在一起啦！」

「真的嗎？真，的，嗎？」羊過的聲音不住發抖，連他自己都不知道，他怎麼哭了？只在連連落下的眼淚中，反覆重複著同樣的字句：「真，的，嗎？真的嗎？」

白澤也哭了，一時說不出話，只能拼命點頭，他是這樣強烈期盼著這孩子可以幸福啊！

7 吵又鬧，就是家

第二天一早，白澤發現，羊過離開莊園了。像當年他在陸吾轉身後取出女媧石，庇護莊園孤兒一樣，羊過也把女媧石從黃菊樹下挖了出來，放回陣眼重新布陣，讓這顆神奇的五色石，繼續保護更多不同個性、不同成長背景的孩子們，而且畫下「永誓咒」，如果白澤再把女媧石放回黃菊樹下，血誓將會反噬羊過，摧毀他的靈體。

這……摧毀羊過這個最心愛的孩子，他怎麼捨得呢？白澤顫抖著手，努力讀著羊過留下的短信：「但求盡己，這就是你教我們的。無論多遠、多久，我定能找到另一顆女媧石。依依走不開，樹也一直都在，想要重鑄魂胎，有的是時間。」

握著信，白澤茫茫然望向遠方，心裡有千百般的不捨，卻又暖暖的，只一遍又一遍歡喜著。他的過兒，真的長大了。羊過以血誓推拒白澤送給他的女媧石，感動了各級仙靈，大家都在加油添醋，把他尋找另一顆女媧石的天涯漂泊，當成絕美的浪漫傳說。

寧靜又稍微有點無聊的神靈界，最喜歡傳說這些深情又重信義的故事，三青鳥也吱吱喳喳，把傳說帶回瑤池聖境，白澤長期以來「但求盡己」的英雄光環，看起來都轉向羊過了。吉羊氣得不得了，聲音裡壓不住怒氣：「可惡！又被那傢伙搶了風頭。別再說啦！不過就是為了一個女孩嘛！有什麼了不起？要不是如意整天這樣胡鬧，我何須躲在這裡？滿腔壯志卻動彈不得，虧我都長出『成年角』了。你們不知道嗎？只有像我這樣的山神，才算是做大事的大人物。」

「哼，幼稚！」青鳥別過頭去，懶得理他。大鵹想著「來者是客」，善意的安慰吉羊，強調整座崑崙山的生靈都知道，小山神雙胞胎啊，表面上看起來是吉羊驕傲、如意溫和，其實，淘氣的哥哥雖然愛胡鬧，只要了解個性就很好相處；反倒是安靜的弟弟，一旦熟了，不但像管家婆那麼囉嗦，還特別幼稚，幼稚得不可理喻。吉羊一聽，心情變柔軟了，開心的笑容裡帶著幾分靦腆：「是吧？應該是吧！」

「是啊！吉羊什麼都好。」眼看風暴都要平息了，小鵹偏偏加上一句：「就是一聽到羊過的名字，就變得很幼稚。」

吉羊一聽，真的氣炸了！三隻青鳥趕忙飛出瑤池，丟下吉羊自己生悶氣。她們忍不住嘆：吉羊多傻啊！何必盡想著和別人比來比去？別人的好，並不表示我們不好；別人過得不好，我們也不會比較幸福啊！瞧，這崑崙山多美，物種豐饒，每一天都是驚喜，懸在半天的空中花園、有名的五城十二樓、帶點酒香的甜泉四湧，到處都好玩得不得了……就在她們還沒完沒了的東扯西扯時，忽然背後傳來淡淡的提問：「你們就不會和別人比來比去嗎？」

青鳥嚇一大跳，掉了幾根羽翼，漫天飄下。回頭一看，忍不住白了一眼：「阿狡啊！幹麼啦，拜託你也出點聲好不好？這樣沒聲沒息的，哪天嚇都給你嚇死了。」

「她就專長胡說。」大鵹拍了拍阿狡的肩，顯得特別歡喜：「王母娘娘叫你來的？」

「成精了？你可愈來愈懂得猜心啦！」阿狡笑：「那就再猜一猜，阿畝為什麼叫我來啊？」

「八成是為了吉羊！他這陣子吵成這樣，阿畝怎麼可能不知道？她打算怎麼辦啊？」青鳥搶著答，眼睛透亮，急著想知道阿畝找到什麼方法來對付吉羊。小鶩卻搖搖頭：「不會吧？王母娘娘才不會管這種小事。」

「都猜對了！」阿狡笑了：「果然還是老夥伴貼心。確實是為了解決吉羊的問題，不過這點小事，阿畝當然不會過問，只好讓我來和大家一起摻和了。」

阿狡提醒大家，問題還是要回到「面對如意」。吉羊和如意都是絕頂聰明的天才，只是不太懂得處理情緒，其實不必告訴他們做什麼、怎麼做，而是要創造一種生活情境，讓他們跳出情緒迴圈，不知不覺中吸引他們慢慢走向一個嶄新的出口。這話說得有理，可是，到底要創造出什麼生活情境啊？大鶩習慣「故作沉思」，青鳥又不想在阿狡面前表現得太蠢，只剩下小鶩老實的問：「什麼生活情境呢？」

「你想，如意最喜歡、最投入的事，到底是什麼？」阿狡一問，小鴛就覺得這個問題真是莫名其妙：「就長角、長大啊！要不然，吉羊幹麼躲到這來？」

「不，不，不！」青鳥眼睛一亮，開心大嚷：「我知道了！是做研究。他根本就是個知識控，找一些他不懂、但又看起來很『炫』的事，包準他就一頭栽進去。」

「是啊！而且，我們身邊真的有他不懂、又超級炫的事喔！」阿狡微微一笑，三隻青鳥全都心有靈犀的飛遠了！沒錯，他們身邊的徼徊，就擁有吉羊和如意都不懂、又超級炫的信息處理系統。小青鳥立刻飛起，開心的笑聲遠遠傳了回來：「我現在才知道啊！世界上最好的，除了阿狡，還有陸吾、徼徊……哇，還有好多好多呢……」

回到三危山，她們軟硬兼施，拜託著、糾纏著，幾乎動用「綁架」陣仗，最後還是出動「鵸」管家，才把徼徊勸到崑崙。他先建立了一套簡易的信息處理系統，依據情感親疏，為她們的朋友們建檔，還留下非常方便的更新系統，隨時遞換資料。本來在瑤池待得很無聊的吉羊，看徼徊建立一套又一套信息系統，愈來愈確信，這些龐雜又新鮮的資料處理過程，一定會「勾」住如意這個「知識控」，一時非常激動，太棒了！說不定，這就是和解的好方法。

吉羊帶著徼徊，刻意在靠近開明崖洞時放慢速度，他深知如意早就發現他們的行跡了，只是不知道他會在哪個點忍不住衝出來。他們穿過三元陣、四海陣、五井陣、六霜陣、七巧陣，和不斷升級改進的八陣圖時，他一邊把這些陣法介紹得不可思議，一邊又誘引徼徊不斷從這些陣法中，延伸出信息加密和傳遞的訣竅。還沒走近「七星平安陣」，如意已經跳出來勾住徼徊，補充著吉羊離開後，他獨自完成的修正和改進。眼看他們熱情的交換心得、深入鑽研，如意應該忘記他還在生氣了吧？吉羊剛鬆了口氣，就被瘋狂衝出來的開明抱住，就像以前開明回家時，雙胞胎總喜歡衝出來抱住他一樣。

吉羊心一暖，真的到家了！從離開深藍溶穴後他才知道，一向自由自在的自己，已經會不時想起開明的這個藍晶洞穴，原來，這就是家，總是保藏著共有的記憶。有一個家，真好！但就是要很小心，因為還沒等他喘過氣來，就已經看到莽撞的神鳥「欽原」衝過來湊熱鬧，一路快樂的大嚷：「我也要，師傅，我也要抱抱！」

「小心一點！」吉羊大叫：「你的刺有毒，要是刺到我們，大家就完蛋啦！」

開明，簡單的初心

1 吃到飽

每一個家，都擁有各自最熟悉的「味道」。開明的深藍溶穴，自從接受吉羊和如意這對雙胞胎的「監護任務」後，經歷各種吵吵鬧鬧，最後總會像初相識的那一天，在飄滿食物的香氣裡，大聲嚷著：

「快說，我們要吃什麼？」

還記得，吉羊和如意剛加入開明的「神獸樂園」設計團隊，就急著把迷宮技巧，混進餐具和擺盤的妝點，讓餐桌上的攻防，變成好玩的遊戲。當開明破解「妖獸奇案」，打破長久以來的迷思，大家終於明白，讓人吃了永遠不會餓的「玉禾」不是「神奇寶貝」，只是上神在天荒時期因應飢餓煉製出來的「藥用植物」。以前總聽說，「視肉獸」住在崑崙山頂的玉禾田附近，就是怕有人打他主意，想靠餵玉禾來轉移焦點；直到和開明成好友，才知道自己喜歡「被吃」，享受肌肉再生、血行熱湧的青春活力，最棒的是，看大家圍在一起吃飯、聊天，生活有了溫度，就是他最大的快樂。

那時，為了找出禁忌不死藥的答案，開明藉由神女「婉娥」封印在靈樹裡的神能，驅動一波又一波靈力，湧向乾涸的平野，所到之處光影流洩，荒土抽出嫩芽，一片又一片嫩芽在天地間的虹彩華田裡抽長出來，樹長大了，花也開了。開明放下心來，起身騰飛，準備回崑崙山，初到弱水河岸就相識的小小孩「小吉」，捨不得的抓住他的尾巴，跟著飛起來。只可惜，小吉的手很小，開明的獸毛又細又滑，當小吉從半空中摔下時，開明急回身，彈指送出一息暖風，接住小吉，輕輕把他放在樹蔭下，耳朵裡一直迴盪著他嫩嫩的聲音：「你會不會回來看我？」

弱水河岸的人們，生活得太苦了！這所有的痛苦磨難，都是因為天界的管理疏失，才讓失控的神能摧毀凡間安穩。開明一直覺得自己虧欠人間，也一直想回去看看小吉，回到崑崙山以後，他苦修飛行，極力突破速度極限，並且到玉樹森林拜訪視肉獸，想辦法把弱水河岸的人們如何崇拜視肉獸，「吹」到天昏地暗，心裡只惦著：只要視肉獸動心了，就能為剛安定下來的人們辦一場「吃到飽」宴會。視肉獸最天真，不但立刻答應，還建議找靛衣仙子設計各種健康食譜，振起誰都看不出來的小手臂，開開心心決定：「我來傳呼視肉一族！把散在各地的親朋好友都找來，一起辦個『不飽不歸』大宴會！」

「什麼？你還有親朋好友？」開明太吃驚了！他眼睛發亮：「這

不就表示，你們自己就可以建立一個行善團，把凡間每個飢餓的地方都餵飽？」

「那不行！凡人太可怕了，沒人保護我，我可不下凡。你不知道，我曾曾曾祖爺爺一片好心，曾經帶著幾個孫兒下凡，努力在蝗災區張羅，希望讓大家吃飽。誰知道，凡人沒有『吃飽就好』這種觀念，大家搶來搶去，拼命割肉，再多都嫌不夠，割了幾千刀啊！我們都來不及再生，簡直是活生生的凌遲，曾曾曾祖爺爺不得不決定犧牲老一輩，聯合所有視肉族的靈力，在人群縫隙中，把年輕的小視肉獸送回來，要不然，我們就滅族啦！」

「這麼可怕？」住在附近的「彩鳳」聽了，帶著「青鸞」湊近，看到視肉獸的團團肉還在發抖。青鸞拍拍他，溫柔安撫後，還是繼續追問：「後來呢？」

「曾曾曾祖爺爺留下祖訓：『視肉一族，不准群聚，必須散居各地，非必要，不得讓其他生靈知道居處。』」視肉獸一說，開明搖搖頭：「可是，我們都知道你住在崑崙山巔啊！」

「嘿嘿，這裡有『離朱』，還有玉禾，誰還想吃我啊？大家都知道，我是族裡最安全的。」視肉獸洋洋得意：「我們這個家族都愛熱鬧，要不是有『不准群聚』的規定，我看大家都想搬過來。這下太好了！開明小總管想辦宴會，我們就可以召開懇親團囉！」

「這也太好玩了吧？」彩鳳立刻呼應：「我們去接他們吧！要不，等開明想到辦法，不就得等個幾百年？」

「是啊，我們這幾千年又幾千年，都這樣平平淡淡過著，也太無聊了！為凡人辦的宴會啊，還真沒參加過。」一起住在玉樹森林的青鸞跟著起鬨，不過，她膽子有點小，忍不住又問：「那我們要不要向陸吾大總管報備？擾亂凡塵，犯天條喔！」

「別去。」半瞇著眼睛，在山巔看顧玉禾的神鳥離朱忽然出聲，嚇了他們一跳。他們面面相覷，心裡非常後悔，自己怎麼忘了這些上神規矩一大堆？早知道走遠一點。沒想到，過了一會，離朱竟然說：「陸吾身為大總管，怎麼可能答應？要去，就得偷偷去。記得找紫衣仙子隨行，等凡人都吃飽了，再拜託她在凡塵罩個『綿夢網』，讓大家睡個好覺，醒來後就忘了仙界干擾，以為自己只是作了個美夢。」

「什麼？這也行！太犯規了吧？」視肉獸大叫，實在太興奮了，原來上神也喜歡惡作劇呢！他忍不住跳起身，翻了個滾，團團肉從牛肝般的肉褶裡，翻出兩隻眼睛，圓溜溜的眨了眨。開明有點猶豫，結結巴巴重申自己的原則：「這……好嗎？我啊，讓師傅擔心的事，不能做；逆反神界約束的事，不能做；違反崑崙山生靈幸福的事，也不能做。」

「那就打算放棄啦？都說陸吾大總管不可能答應了。」彩鳳白了開明一眼，他心一刺，有點難過。一向跟著彩鳳打轉、不太發表意見的青鸞，反而轉過身問離朱：「陸吾大總管神通廣大，不報備，他就不會發現嗎？」

「咦？」離朱三顆頭都轉過來，六隻眼睛一起盯住青鸞，有點意外，這膽小的丫頭，竟然是這一堆小傢伙裡最聰明的？他笑了笑：「當然會發現。問題是，睜一隻眼、閉一隻眼，不就是那老傢伙的習慣嗎？小心一點，別搞得人盡皆知就好。」

「耶！」大家一起歡呼，並且發誓保證：「我們一定會很小心！只會讓少少幾個人知道。」

2 星河宴

這個「只讓少少幾個人知道」的約定，從開明回家開始，就變成「開心炸彈」炸開來。吉羊纏住紫衣仙子，對她「綿夢網」的編織和運用，反覆問個不停；如意很實際，每天睜開眼睛就呼喚青鳥，請她送他到靛衣仙子家裡，一起開發健康食譜；欽原拉著四角神獸「土螻ㄌㄡˊ」，自願承包「場地設計」；開明每天都搖著九顆頭、掩住十八個耳朵嚷：「低調！拜託，大家別吵了，一不小心就搞得人盡皆知啦。」

「那你還這麼大聲！」欽原嚷得更大聲，土螻眼一瞪，抬起手，對欽原比了個「割喉」的手勢；欽原伸了伸舌頭、縮了下脖子，轉身跟著吉羊去湊熱鬧。土螻嘆了口氣，他就不相信，搞出這麼大動靜了，陸吾會不知道？不就是那隻九尾虎又在玩「睜隻眼、閉隻眼」的老把戲了嗎？

這場凡間的「吃到飽」宴會，聲勢浩蕩，成為天上、人間共有的甜蜜記憶：開明了卻一樁心願；視肉族多年未見，那些天講的話，比天上的星星還要多；由靛衣仙子改編後，慎重結集的《肉肉健康仙譜》，在崑崙山流傳了好多年；彩鳳和青鸞藉由接送賓客，順便在環遊各地時，享受小旅行帶來的變化和驚奇。而真正讓大家見識到厲害的，是紫衣仙子的「綿夢網」，綿密的情意摻著溫柔和勇氣，效力延續了好幾天才慢慢散去，滲進大家心裡，融掉過去的憂傷懼怖，讓弱水河岸的居民，重新找回快樂的生活，彼此相互扶持，努力重建家園。

小吉抓著這些夢，藉著繪畫，透過文字，慢慢描摹著保護大家的「開明哥哥」。夢中的色彩，始終不肯褪去，直到他長大以後，成為一個解夢專家，出了本書叫《夢啊，吃到飽》，提醒大家：夢是力量的來源，在夢裡吃到飽，就能在現實生活裡找到希望。

這些人間凡塵的美好，慢慢覆蓋了曾曾曾祖爺爺的故事，帶給視肉獸的童年傷害，送走親戚朋友後不知道又過了多少年，他還是反覆炫耀著：「看吧！大家都喜歡吃我，永遠也吃不夠。我的志願就是被吃！就算開明有九顆頭，又怎樣？能吃嗎？割下來還能再長嗎？哇，叫我第一名！我是崑崙山最厲害的神獸，我們視肉一族，堪稱天下最強啊！」

「那又怎樣？」吉羊冷哼一聲，如意立刻跟進：「就是嘛！還不是整天來我們家蹭飯吃？」

「又怎樣？」視肉不甘示弱：「我找開明啊！你們算什麼？這地方，還輪不到你們說了算。」

「怎樣？我就是要聽我師傅的！這地方就是我師傅說了算。」欽原一直非常崇拜天才雙胞胎，義無反顧的加入爭戰。土螻不喜歡吵架，立刻打斷大家：「好啦，好啦！開飯了。」

他們以前和各級神靈一樣，只把日常的「能量補充」，當做一件不斷重複的自律整備，時而「服氣辟穀」，時而什麼都吃，從不在意飲饌吃食的時間、地點和內容，只要足以應付各種消耗和挑戰就夠了。直到這些年，深藍溶穴多了兩個頑皮又多事的「孩子」，大家一起在畫「開明府」設計圖時，特地闢建出吃飯專用的「銀河廳」，藉由各種晶礦和靈焰，在清冷的冰藍巖穴裡雕飾出閃爍的銀河。不知不覺還養成一個奇怪的習慣，無論到任何地方，總試著嘗嘗不同顏色的草葉蔬果，再把繽紛有味的食材帶回來，切成五角形星星，串組出一棵新鮮華麗的「星星樹」，運用愈來愈神奇深奧的設計規畫，創造各種食物盤飾和餐桌變化。吃飯，成為大家共同的期待，也不知道從什麼時候開始，來蹭飯吃的愈來愈多，坐上餐桌，大家都喜歡搶著分享好多熱呼呼的心情。

本來只是可有可無的「能量補充」，變成屬於一個家的「想念」。開明看著逃離已久的吉羊，帶著第一次和大家見面的客人傲徊回來；如意沉迷在陣法的修正、信息的加密，和各種不同傳遞媒介的討論；欽原不設開關的熱情，讓大家都想逃走了，連土螻也笑瞇了眼睛，難得的露出慈眉善目。這時，又能做什麼呢？只有一種可能，他笑了：「來辦個星河宴會好了！」

大家彼此相看，一起大笑！他們來自不同背景、不同世代，也不知道什麼時候，又要各自奔向未知的行程，在這段時間聚在這裡，一起吃吃飯、說說話，分享熱呼呼的遊歷和心情，就是這個「家」的傳統。開明手一揮，無論是剛到家的吉羊，還是一直宅在家裡的夥伴們，很快就把深藍溶穴妝點成爍亮的銀河，還緊急傳喚視肉獸，根據《肉肉健康仙譜》的時尚調味，到現場提供最新鮮的「燒肉」，搭配切成五角星星形的繽紛菜色，實在太棒了！

在熱鬧的餐會中，如意完全忘記自己還在生吉羊的氣，只目瞪口呆的盯著傲佪，看他用全身像蓑衣般的靈線，接收、處理來自八荒九垓(ㄍㄞ)的各種靈訊；如意一時淘氣，刻意啟動陣法干擾，但無論他怎麼屏蔽，傲佪也有辦法透過頭上那四支角，提升靈能，無限制增幅提升。他們的攻防，變成餐桌上的餘興節目，欽原很快加入陣營，吉羊暗暗相助，每一次攔截失敗，如意就提出問題請教，問題是，傲佪的隨機應對都靠直覺，完全說不出個所以然。不過，這對聰明又認真的如意，反而成為最有效的學習，讓他在混亂的信息裡，提出關鍵問題，儘管傲徊的回答很散漫，他卻總可以在這些自傲又率性的字句中找出脈絡，一點一滴，整理成任誰都聽得懂的理論體系，聽到深夜也不放手。

時間拉得太長，混亂的宴席都撤了，如意還是抓住傲徊，一邊打瞌睡，一邊強打起精神央求：「你再說啊！我想聽，我在聽……」

3 擁抱廊

傲徊來去無羈，忽然被如意纏住，心裡有點煩，在視肉獸告辭前，故意搧了點「迷神粉」，讓如意昏睡過去，完全不在乎他的喃喃低語：「你再說啊！我想聽，我在聽……」

他站起身，藉口要送視肉獸回家，其實是想和這隻簡單又有趣的「肉肉」搏感情。眼看他撒了「迷神粉」的吉羊，也覺得如意太多話了，暫不吭聲，卻不得不白他一眼，哼了聲：「視肉在我們這裡來回幾百次了，還不會自己回家嗎？倒是你，不乖乖待著，闖入那些陣法，你怎麼回來？」

「是啊！都走幾百遍了，別送，別送！我自己能走。」視肉一說，傲徊忽然大叫：「肉兄弟，別走！我啊，實在和你太投緣了，要不，我們就趁今夜結盟為團夥，你看如何？」

視肉獸受寵若驚，眼睛溜過來又溜過去，看看這裡、再看看那裡，一時說不出話。傲徊博學、有趣，光看如意那個糾纏勁，無疑是這次宴會的主角，怎麼就對他特別上心呢？說真的，他在崑崙山交遊廣闊，每天嘻嘻哈哈，但和所有生靈都不算深交，總覺得大家都把他當「食材」。沒有人會和「食材」當朋友吧？

這是第一次，有人當他是個「人物」，還打算邀他結盟，真的太感動了！來不及想到這樣的結盟，究竟可以成就出什麼樣的願景，他已經急著眨眨眼睛，把就要掉出來的眼淚擠回去，一下子生出「此生無憾」的幸福感。傲徊也因為多出這個神奇的「肉肉夥伴」，笑瞇了眼睛，主動相邀視肉別回去了，一起在開明溶穴過一夜。

看起來他們都很開心，但大家還是偷偷在心裡想：傲徊究竟想做什麼？開明有點擔心的看看土螻，他眼一垂，微微搖頭，示意開明暫時忍著，別輕舉妄動。只有傻呼呼的視肉獸，什麼都沒多想，只指定要和傲徊同一個客房，準備來個徹夜長聊，誰知道才剛躺上床、還沒開講，他竟然就熟睡過去。沒多久，開明安置好如意，順便「放倒」欽原，就帶著土螻和吉羊敲了下傲徊的房門後，直接推門進來。吉羊眼一挑，看了眼視肉獸就淡淡的說：「這傢伙也中迷神粉了吧？說，你究竟想做什麼？」

「做我想做的事啊！」傲徊看都不看吉羊一眼，嘴角帶著抹譏諷的微笑，只看著開明說：「陸吾不會反對，也不算逆反神界約束，更重要的是，不只崑崙山受益，周邊生靈也可以得到幸福。」

「你……」開明好驚奇，他怎麼會知道自己的「三不原則」？土螻拉住他，淡淡問：「你想做的事，想必有求於開明？」

「沒錯。果然是大俠土螻！說話、做事，從不拖泥帶水。」傲徆點了點頭，承認得很乾脆：「我確實有事想請開明幫忙。視肉獸在玉樹森林，看起來自由自在，其實每天都得想辦法『減肉』，別人看到他，煩都煩死了，他也活得不開心。只要在『神獸樂園』的規畫設計中，為他打造一個專屬的安全迷宮，我們就可以誘引這傢伙心甘情願的獻肉精製，再由天地各界各級的仙靈，運用在每一個突發的災難裡救荒止飢，多好！」

「這事，你也可以自己做啊！」吉羊挑高了眉，盯著傲徆，有點不放心。他聳了聳肩，無所謂的說：「各界神靈都不喜歡我，我也不喜歡大家。開明這傢伙受歡迎，由他領頭，會比較順利；當然，你們不想，我就自己來，就算全天下都敵視我，我也沒在怕！」

「沒關係啦！誰做都一樣。」開明怕他們再吵起來，趕緊搶話，樂呵呵的計畫著：「太好啦！以後要解決像弱水河岸那種痛苦，就會變得更容易了。這事交給我，天一亮，我就去玉樹森林附近，找地方做『視肉迷宮』。啊，還得去找燭龍，想辦法塗些鳳凰血設『裂獸陣』，這樣截肉以後才能重生無礙。」

「這些執行細節交給我們，好嗎？」吉羊哼了一聲，沒好氣的說：「你這種九頭沒腦的，像是做細活的人才嗎？」

「你也不像。」土螻截下吉羊的話，冷靜的說：「最適合幹細活的如意，早就睡熟了。」

當如意醒來聽到這個計畫時，當然歡天喜地，一邊帶著傲徊認識「神獸樂園」裡各種各樣有趣的生靈，一邊找時間研究、改進，做了個神奇的「擁抱廊」，在視肉獸經過時，提供柔軟的擁抱，放慢速度，不知不覺的截肉、封裝，等他走出來時，只覺得血行鮮活、神清氣爽，確實比開明計畫的「鳳凰裂獸陣」，進行起來更安全、更溫暖，而且更有效率。看著大家認真完成的獨立迷宮，視肉獸好開心，連著眨了眨眼睛，也止不住眼淚大顆大顆的掉下來，最後竟抱起開明大哭：「小總管，我也有自己的家了。」

儆徊搖搖頭，自從把計畫交給開明以後，他就一直躲著視肉獸。這傢伙當「食材」還好，大家都能維持友善往來；一旦當了朋友，就變得黏人又愛哭；晉級成結盟團夥，更是不得了啦！簡直變成惡夢。他只能拼命想辦法拉開距離，沒事就大勢宣揚：「嘿嘿，結盟是逗你玩的！我只是想讓你知道，知識就是力量！一定有辦法可以澈底解決你們這些肉肉的煩惱。哎呀，別再說什麼團隊啦！夥伴什麼的，你去找開明吧！帶著他的朋友，替你開發出更多元、更好看的『肉肉調理包』，不但有利可圖，還可以做公益喔！」

儌侗急著擺脫視肉獸的糾纏，只能答應如意，和他一起研究陣法，提供經驗，和大家聯手布下更精細的信息交流網，同時也暗自為三危山的信息蒐羅網，在擴建更精細的網絡時，小心加密。最得意的是，在回家前，他忍不住語帶炫耀的向青鳥告別：「我閃囉！要是跑不快，被我那『結盟夥伴』逮住，他只有一個念頭，就想和我一起回三危山。天哪！那樣一來，三危山可就不能住了。」

「啊？不能住，你想去哪裡？」三隻青鳥異口同聲大嚷，毛骨悚然的發現：天哪！她們太依賴儌侗了。

4 說謝謝

「你該不會想自立門戶吧？」大鵟在徼徊回三危山前，努力找他溝通，一開口就顯得有點焦慮。她們太信任徼徊和鴟管家，總以為有他們守在三危山，就可以回到王母娘娘身邊。小鵟也深怕他抽身離開，打亂好不容易穩定下來的「安家計畫」，聲音都在微微顫抖：

「不會吧？你很喜歡現在的工作啊！」

「別忘了，鴟管家還在三危山等你！」青鳥很聰明，趕緊提出「超級法寶」。她們都很確定，即使用一整面又一整面的「靈味水晶牆」，把徼徊吸引到三危山，還是管不住他，有時連約他見一面都難。這就是為什麼，聽到他在找鴟娘，她們就不顧一切的找她來當管家；其實，「鴟管家」什麼也沒管，只是來牽制徼徊的。聽到「鴟管家」三個字，徼徊微微笑了起來。小時候，生活動盪，沒有人不受苦，到處都是血腥殺戮，鄰居、親友，一個又一個的消失了，他躲無可躲，只能瘋狂反擊。因為他年紀還小，每一次的搏命衝突，心狠的敵人，對他的智計反應不及，心軟的對手就放了他，養成他愈來愈狠戾的性格，從不把任何原則、規範放在眼裡，直到他渾身是血的跌落深崖，被鴟娘撿了回去。

他心脈殘損、血行遲滯，鴟娘只好帶著他，藏在荒僻無人的崖底，用三個身體輪流擁抱著他，以自己的真元續他元氣。這樣小心呵護近三個月，直到徼徊醒來，但他對她沒有感激、只有懷疑，一如往常的反擊、逃竄後，什麼也沒說就消失了。

只是，從此以後，歷經一次又一次的流離磨難，只要逃無可逃，傲徊就會去找鵰娘。為了他，鵰娘守在崖底近一百年，不曾遷徙，直到他長大、成熟，充分掌握了靈訊的接收和傳遞，鵰娘知道，他可以保護自己了，才靜靜遷離。

傲徊下一次回來，發現鵰娘走了，沒有要求回報，也沒留下任何信息，一時情緒翻湧，所有的溫暖、感謝，以及倉促別離的惆悵，再也沒辦法讓她知道了。這之後，無論他自以為靈線如何靈敏，也從不曾找到過她的音信，只養成奇怪的習慣，無論到了哪裡，都會搜尋鵰娘的形跡，慢慢收集了很多她的故事，有的真、有的假，不過就算是真假莫辨，他也喜歡聽。

傳說，上古時期，鵰娘發願為悲苦的生靈，每天吞食一條龍王和五百條毒龍，直到毒氣聚集，再也無法進食，最後，拼盡力氣翱飛天地，張望著她摯愛的各界魂靈，來回七次後，在金剛輪山裂身火焚。連她自己都沒想到，在烈焰中，她淬煉出一顆純青琉璃心後浴火重生，化生三個身體，而後放下願念，流動在這個幾乎已經鬆手放開的世界，於天上、人間，過慣了自由日子。

徹徊在很久很久以後才明白，以為自己不會再受到任何侷限的鴟娘，因為他，又被困了一百年。鴟娘從來不曾讓任何人知道，這個孩子，從那麼高的絕壁懸崖跌落在她的身邊，渾身是血，讓她想起了千萬年前苦吞毒龍的前身。那時候的她，一定不可能對這孩子棄之不顧吧？

鴟娘的一生情緣，隨興的走走停停，遇到需要援手的時候，就順便幫一把，很少為誰駐留。那次雨後偶遇小青鳥，這孩子不知道她火焚重生後，僅需要一點點至清靈滴就可以存活，慷慨的把「靈沾石」

送給她。後來，她在靈石幻彩裡感應到青鳥對阿狡的情意，非常意外，這孩子活得好歡快啊！再深的摯愛都看得開，不沾不黏，盡心就好。

因為喜歡這樣的青鳥，也想看看她最後會變成什麼樣子，就允了她還到三危山的邀約。儆徆在三危山和鵸娘重逢，非常激動。流光走過幾百年，她一點都沒改變，淺笑淡淡，優雅而美麗，好像還是他永遠的「聖堂」，可以安全的庇護所有，直到天荒地老。他勉力撐著自己，努力站穩，連指甲掐進掌心都一無所覺，只感受到天地倒懸，世界顫顫搖搖。在這以前，他一直不在乎別人怎麼說，什麼「怒犯天條的吃人妖怪」，什麼「擅長模仿、擾人心智」，甚至是「舌頭很長、爪子很利、愛吃人腦」……這些謠傳細節，反正都是杜撰，多幾條他都不怕。可是，看著鵸娘，一直看著她，他才意外發現自己有點忐忑，希望在她眼中，可以更好一點點。而鵈娘好像什麼謠傳都沒聽過似的，只輕輕拂過他額前的幾綹亂髮，輕聲說：「孩子，長大了！」

「長大」這兩個字，就在那個瞬間變成魔咒，緊緊箍住他，讓他愈來愈焦慮、愈來愈緊繃，無論日夜，掙脫不得。到底要怎麼做、怎麼活，才算長大呢？傲徊想著鵈娘，對著眼前的三隻青鳥，慢慢說：「只要鵈娘在三危山，我就會在。」

「嗯……」青鳥聽到這個答案，鬆了一口氣。沒有人知道，從來不曾發過什麼願、下過任何決心的傲徊，在鵈娘面前，只想努力想做個好孩子。自從鵈娘遷駐三危山以後，他就開始計畫找視肉獸救荒止飢，像她為悲苦生靈吞毒伏龍一樣；他認真籌備屬於三危山自己的獨特信息網絡，像她翱飛天地一般。他想讓她知道，他也有能力守護各界魂靈。

長期以來，神靈之間都有靈力感應：青鳥一直負責環繞在王母娘娘身邊的信息往返；仙禽靈羽可以相互傳訊；鶴童建立了擴及各級仙靈日常運作的「小仙鶴快遞」信息網。傲徊找到穿黃衣、戴黃帽、撐黃傘，還趕著黃色小車的「慶忌」一族，承諾信息共享，這一大群又一大群不曾被認真高看過的沼澤小精靈，日行千里，在「知識就是力量」的長期競爭中，成為了三危山的神祕支撐。

只要鴟娘在三危山，傲徊就會一直想要更努力，這是他始終不曾說出口的感謝，謝謝她，讓他在漫天苦難中，懷著溫暖的記憶，安心長大。

5 地靈陣

徼徊在崑崙山作客時，如意總喜歡纏著他，針對他蒐羅到的這些八荒九垓靈訊，釐清地景，渴望了解這個比他想像還要更大、更寬闊的世界。他找到很多問題，透過徼徊的信息網，反覆追問，急著要他不斷透過信息網路再確認，並且慢慢繪製出世界的樣貌。這樣從早到晚、沒日沒夜的糾纏，到最後，徼徊煩死了，急著要回三危山，臨行前還捧著頭大嚷：「不要再問我為什麼了啦！我頭都痛死了，再見！不，最好再也不要見！你搞錯了，我研究的是『信息的結果』，不是『信息的起源』，關於天文、地理、世界的成形和變化，你要是有興趣，就好好整理你以前製作過的那些圖，做點附註，最好仔細一點，再有人問起，有需要，我就叫他們來找你。」

如意一愣，覺得這話說得特別有道理，眼看這「最好用的顧問」逃走了，他也無所謂，還是沉迷在這些圖誌和資料裡，想辦法製造出一個精巧的「地靈陣」，建構出龐大的地理框架。他依循「裡」、「中」、「外」三層，從溫暖、自由的南方，延伸到生靈最多樣的西方，慢慢轉往同時收納著覆滅和新生的極北，最後向陽光處愈行愈遠，以「南」、「西」、「北」、「東」的結構，重疊定序。

世界好大好大，如意聽到好多不同的聲音，都在呼喚著他，認真的靠近。這種對世界的好奇，愈來愈熾烈，幾乎無法停下，讓他設想出各種可能，還特別到巫谷去找「巫相」，藉由她的巫力反覆驗證，最後一起做出模型，敲定了「地靈陣」的精密細節：裡層從南山、西山、北山、東山到中山；中層有南內海、西內海、北內海到東內海；外層再同樣分成南海外、西海外、北海外、東海外；並且在自由漂流的圖陣外，架設出靈敏的荒域做增補，從東大荒、南大荒、西大荒到北大荒，最後又集存在海內陣心。他們一天又一天反覆檢視，就是希望能在做最後平衡時，不要出現太大的誤失。

看著如意有事做以後，不再追著自己吵著「我的角哩？」「為什麼我的角還沒長出來？」……開明鬆了口氣。他們一起經歷過那麼多的冒險和考驗，其實他也希望大家都可以快點長大。成長本來就是會開心、會胡鬧，會在成功中領略到成功並不是那麼重要，也會在失敗中理解很多最值得珍惜的經驗。記得，他從陸吾最初的一滴血開始，吸收著澆融在檸檬黃溶穴的天地靈氣，靜靜在各級精魂仙靈的慰慰和庇護中，生出自己的神識和魂魄，從「要負責」、「要低調」、「要守護於無形」的「三要」，成長到「不讓師傅擔心」、「不逆反神界約束」、「不違反崑崙山生靈幸福」的「三不」，最後還是堅守著最簡單的初心：「要守護崑崙山，像師傅一樣」。

回想起各種快樂和痛苦，以及那麼多無從彌補的遺憾，和一輩子都不會後悔的奮鬥，有時候，他會興奮的搖搖屁股，想像自己就像陸吾那樣，從容的搧著九條尾巴，顯得很有智慧。崑崙山的各級生靈都覺得很好笑，總慫恿著他搖屁股，當做「娛樂演出」，還有小青鳥大聲喝采：「搖咧，搖咧！再搖啊！來點音樂更有氣氛。」

「啐，走開！」開明哭笑不得，自以為架足「小管家」的氣勢，卻一下子就像氣球被扎到般，瞬間消氣。他最討厭被大家當成小孩，不知道為什麼自己都做了這麼多偉大的事，卻還是被嘲笑，只能皺著眉，抱著如意問：「長大，怎麼就這麼難呢？」

「再難，我們也要努力長大啊！」也許是找到自己最想做的事了，如意變得很勇敢，還有力氣安慰快要哭出來的開明：「欽原接手主持神獸樂園的規畫和打造，無論從全新的裝修或後續的改善，全都上軌道了！接下來，你要想清楚，還有什麼是你最想做的事情？」

「我要想清楚？你這是什麼態度啊！我可是你的監護人耶。」開明手一彈，狠狠在如意額頭上敲響一個栗爆，神氣的說：「還想什麼啊？我就是要守護崑崙山！」

「守護崑崙山，也得有目標、有方法。」如意找到嶄新的關注議題，就會在瞬間「長大幾千歲」，對前一陣子那些沒完沒了的哭哭鬧鬧，好像得了失憶症，對跟大家提起什麼「吉羊為什麼先長角？」「我的角哩？」「什麼時候才長角？」……這些問題，一臉茫然，根本不相信自己曾說出這麼幼稚的話。

當他知道吉羊有了新計畫，怕開明捨不得，便幫著遮掩，直等到吉羊離開崑崙山了，才忽然說：「最親愛的監護人，有事跟你報告一下。吉羊跟著阿狡，回玉山做山神儲訓了。」

「為什麼？」開明又急又氣，他身為小管家，不太有機會離開崑崙山，對吉羊說走就走，一時非常氣憤：「什麼意思啊？也不事先說一聲，這還像個家嗎？」

「就是，吉羊真的太壞了。」如意落井下石，趁這時刻意賣乖：「你看，我多乖啊！現在就先向監護人報告，我也想離開崑崙山，到世界各地去旅行。我都幾千歲了，真的該認識更多新夥伴，透過親自觀察到的細節，補強我的地靈陣，讓更多生靈認識這個無邊寬闊的世界。」

「啊，這……這麼突然？」開明一直嫌這兩個雙胞胎太吵，忽然聽到他們要離開了，腦子裡只繞著說不出來的捨不得。但是，他想要長大，吉羊和如意不也一樣嗎？他不能反對，只傻傻的問：「什麼時候回來？」

「暫時還不知道耶！從裡層、中層到外層，總需要幾百年吧？」如意忽然跳進開明懷裡，一下子又變回初相識時的那個淘氣小孩，抱著他的頭，一顆又一顆，逐顆親了過去。九顆頭，親了九下，接著又再親九下，好像永遠都捨不得放手，只膩著鼻音撒嬌：「啊，我都還沒出發，就開始想念了！我真的會很想你，很想你，很想你。」

開明摟著如意，什麼話都說不出來……直到如意離開很久很久以後，他才吐出心裡的話：「是啊！我會更想你，更想你，更想你。」

6 開明圖

一直黏在一起的雙胞胎，總算找出各自的志向，踏上不同的追尋了。屋子裡安靜下來，開明攤開如意精緻修潤過的〈開明圖〉，審視著深藍溶穴裡的曲曲轉轉，廳堂、遊憩、書房、餐飲、收納……如意不僅在空間設計上創造出許多巧思，還有注入靈力的小圖示，別出心裁，連「讀地圖」都變成特別有趣的事。比如說，他的睡房標示了九顆小頭上的眼睛，甦醒時全部張開，隨著睡意，慢慢闔上眼睛，先是一對、兩對，接著所有的眼睛慢慢闔上。據說在他熟睡時，九顆頭、十八隻眼睛全都緊閉，就是吉羊和如意這兩個壞傢伙調皮搗蛋的時候了，剛開始他們只是小胡鬧，在開明臉上塗鬼臉，或是把他的九顆頭綁在一起；後來，兩兄弟竟注入靈力，把其中一顆頭變透明，讓他起床時驚駭的大嚷大叫：「我少了一顆頭，我的頭不見啦！」

想到他們趁他熟睡時不斷累積出來的「豐功偉績」，開明一下子就笑了。繞著深藍溶穴，雙胞胎無限擴張著勢力範圍，隔著好遠就搭築起三元陣、四海陣、五井陣、六霜陣、七巧陣，和不斷升級的八陣圖，好像急著把世界的變動都攔在身外，只有他們自己團抱在一起，熱呼呼的，就像在「七星平安陣」陣眼的小紅點，小紅星最後的光焰，也是他們渴望的愛，緊緊相守到天長地久。

事實上，再溫暖的深藍溶穴，也綑不住成長的腳印。〈開明圖〉愈畫愈遠，從鄰近的巫谷，擴張到離朱看守的玉樹森林和崑崙山巔，甚至是弱水河岸，只要開明去過的地方，都成為如意繪圖時的「地盤」。這些愈來愈遠的大世界，已經不算是開明的歷險地圖，而是如意自己的未來嚮往。讀著這張畫了不知道多少年的地圖，開明終於知道，從當上吉羊和如意的監護人那天開始，他就必須學習：兩個孩子的宿命是「離開」，〈開明圖〉是兩個孩子早已設計好要送給他的禮物，而他也要在「停留」更加努力，任何時候，讓他想守護的大小朋友累了，只要回眸，一定找得到他！

「我是崑崙山的守護者，永遠都會在這裡。」意識到自己的責任，開明終於發現，自己的深藍溶穴和陸吾的檸檬黃溶穴，最大的差別在哪裡了：檸檬黃溶穴簡單、舒適，陸吾不會拒絕任何生靈，任何生靈有事找他，就像靠近一盞溫暖的燈，心情變得寧靜，問題就沒有那麼嚴重，因此成為大家的庇護所；深藍溶穴卻用各種陣法阻絕「異質」入侵，固守著自己的純真幻夢，像不想長大的孩子，只想活在永遠不變的風景裡。可是，誰又能永遠不變呢？

開明想起，如意臨走前問他：什麼是他最想做的事情？這時，他苦笑起來，連設計陣法、精心繪圖的吉羊和如意，都去追尋自己的變化了；獨當一面，認真的，守護永遠，大概就是自己最想做、而且必須做的事。他撤掉所有的陣法，讓深藍溶穴成為誰都可以自由靠近的「交流室」，有時候他在，有時候不在，不過，這也沒關係，大部分時間土螻都在。他陪伴著各種生靈，不需要給什麼意見，只是靜靜聆聽，怡然享受著彼此的理解和支持；分別時，大家都能看到，土螻微微一笑，聲音裡藏著不會消失的溫度：「年紀大了，哪裡都不想去，在這裡，很好。」

開明去找師傅，遇到難得回來的「鶉鳥」，她一直隨身打點著天帝的日常用器和各式服飾。以前天帝公務繁忙，她必須因應各種場合需要幫天帝做準備，時時刻刻停不下來，忙得不得了；當天地各界不斷翻新災難，上古神能的努力干預，並不能庇護永遠不變的安穩，宇宙生成演化，反覆經歷的「成劫」、「住劫」、「壞劫」、「空劫」……都是不可避免的大循環。上神慢慢放手，各自遠行，鶉鳥則跟著天帝隱居神遊，生活隨意，日常公務變少，天帝的吃穿用器不再講究，只剩下她挖空心思，像返樸歸真的設計師，想辦法在「隨意」中注入巧思。

「這趟回崑崙山，我想採些薲（ㄆㄧㄣˊ）草來做衣服。」鶉鳥淺淺一笑，陸吾點了點頭：「幻彩絲雖美，但還是簡單的纖維，穿起來更輕鬆。」

「薲草？吃起來帶點蔥味那個？」開明非常驚奇：「那不是吃的嗎！神獸樂園工作團隊趕工時，我們最喜歡用它熬湯來招待大家，解憂、去勞，超級有效啊！」

「哇，你們可真聰明啊！確實很好用。」鶉鳥笑彎了眼睛，慢慢解釋：「蓇草可吃，當然也可用。天帝卸下神能負載，生活過得很簡單，但是，靈體的敏銳是天生的，會主動吸收蓇草纖維裡解憂、去勞的靈性。」

「好喔！我去採。你們難得見面，好好聊。」開明轉身去找蓇草，一整天忙得樂呵呵的，好像真的也沾了些解憂、去勞的靈性，不但不覺疲累，還淡淡稀釋了對吉羊、如意的想念，只剩下一點點不放心，就是擔心吉羊。那兩個孩子都流淌著「扶生」山神的血脈，必然黏著土地；如意只想讀書、創造，著迷於各種有趣又有意思的發明，渴望看遍山川大地後做深入研究，只要肯下「笨功夫」，慢慢就能累積出成果；吉羊雖然渴望繼承山神遺志，以「管理一座山」為志業，只是，他嫉惡如仇、好出風頭。在崑崙山，開明總放手讓吉羊主導

「神獸樂園」的設計，他領著團隊，說說笑笑，一直以為世界就是這樣熱鬧、開心、以自己為核心，覺得自己永遠是最厲害、最亮眼的主角。

可是，當他跟著阿狡到了玉山，想要守護一座山的第一課，就是得「放下自己」，以天下為己任，為更多生靈服務，讓集體生活找到平衡；即使做不到，至少也得先「縮小自己」，才能了解別人、理解世界。開明一邊採草，一邊又無止盡的擔心：到底吉羊做不做得到呢？

採著，採著，乾脆躺在剛採摘下來的蘐草堆裡。大片的葵形葉片，像一張軟軟的床，開明在忽醒忽睡間還在煩惱著驕傲的吉羊，他該如何適應這種翻天覆地的改變呢？

7 蟠冠角，聽初心

開明糾纏在反覆的擔心裡，忍不住寫了封信，拜託青鳥送到玉山給吉羊，問問他現況如何。

阿狡收到了信，沒交給吉羊，只冷哼一聲，讓青鳥把信轉送給阿畝瞧瞧。看到這種富貴閒人的擔心和牽掛，她一定很高興，只有生在太平盛世的生靈，才懂得這樣「沒事找事」。開明無從想像，像阿狡這種從腥風血雨走出來的神靈，一出手就是生死拔河，無法理解他的擔憂；吉羊更不可能老實透露，到了玉山以後，他竟陷入這麼難以想像的無能為力和窘促。

「山神存活訓練」的第一天，阿狡想試探吉羊的求生武技，開訓第一課就是讓他使盡全身靈能，避開三招攻擊。誰知道，他剛站定，阿狡衝過來，雙角一頂，再算準吉羊避開的角度，轉身又撞，就把他好不容易長出來的兩支角都撞斷了！吉羊氣得哇哇大叫：「是朋友還這樣較真！實在不夠意思，何況，遠來是客耶！」

「你不是客，也不是我的朋友！只是山神學徒，而且還是個不夠認真的學徒。」阿狡冷冷的眼睛盯住他，一會兒，竟再次撲上來，切開他的軟骨，轉瞬就要把他整個身體撕開了。吉羊終於驚覺，急翻轉，在強烈的求生意志的推動下，憑著依賴土地的靈能，又驚又險的切開一小截縫隙竄逃。阿狡沒有放鬆，繼續追殺，吉羊也戰慄著，總算確認了這不是遊戲，而是真正的生死搏殺。他開始無止盡逃亡，一天又一天，一月又一月，一年又一年……就在這「不顧一切都要活下來」的驚疑折磨中，終於理解：這種前所未有的求生意志，就是他和如意始終追不上羊過的關鍵力量。

每一次受傷、每一段幾乎滅絕的險途，都讓他從內心深處，湧出一波又一波感傷和憾悔。想起以前為「神獸樂園」的小生靈打造迷宮時，從頭到尾，他只對自己的設計亮點洋洋得意，從不曾感同身受。原來，這世界所有脆弱的生靈，一旦生無可據、逃無可逃，心裡竟是這樣深徹心扉的疼痛。就在這些沒完沒了的追殺和逃亡中，吉羊愈來愈確信，看起來永無終歇的重複搏殺中，其實每一次生死邊陲的嘗試和翻轉，都是在鍾鍊他的智慧和勇氣。

眼看就快看到終點的亮光了！他褪下孩子氣的驕傲，學會等待，在觀察和推論中，掌握時機，也創造優勢，藉由一次又一次失敗的對抗和反擊，不斷提升靈能，直到學會和阿狡保持鼎立，至少維持不敗，摸索出屬於山神的自信和尊榮。阿狡終於鬆手笑了：「不錯，學習力很快！別忘了，保護一座山，實力，是最基礎的準備，從死裡創造生，就是身為山神必備的自覺！有沒有發現？你的角，重新長出來了！」

吉羊往水面一照，發現自己不但長出角，而且兩支角還曲纏成蟠冠，威儀凜然。阿狡拍拍他新長出來的冠角，得意洋洋的炫耀：「算是我送你的賀禮啦！瞧，我就是有這麼多變換無窮的教法，才把你訓練得這麼出色。好好做，不用謝！」

「學習守護一座山，可真不輕鬆啊！」吉羊嘆了一口氣，既擔心、又開心。阿狡淡淡說：「守護一座山的功課，還多得很呢！關於生存的各種可能，都得靠你在漫長摸索中好好想清楚。死裡求生，只是山神在普濟群生時，最基本的義務，還算不上學習重點，過得去就好。」

「你什麼意思？就不能承認一下我還不錯嗎？什麼叫『過得去就好』？」剛長出蟠角冠的吉羊，心情好得不得了！本來還誠懇受教，愈聽到後來愈皺起眉，不知不覺滿臉怒容。阿狡一看，不屑的挑高眉：「還不高興？你沒看到羊過的直覺反應，真是天差地別！不過啊，反正你的工作是『護生』，不是『逃死』，我也就馬馬虎虎，帶過就算了。」

就這一句，吉羊被激怒了，剛要衝過來決一死戰時，阿狡手一揮，一整面山壁化出幻影。童年時期的羊過迎面撲來，稚嫩的臉匍匐在瑤池聖境邊，沉靜、狠戾，即使鮮血淋漓，還是能機敏逃竄，阿狡那時對羊過凶意熾烈的廝殺，比吉羊受到的訓練，還要強悍幾千倍。吉羊一下子就看呆了，原來，羊過的老師也是阿狡。他轉過頭，看著阿狡離開的背影，耳朵邊反覆流盪著那些讓他血脈翻覆的最後叮嚀：「羊過死裡求生，是他命運中的百分之九十。你不一樣，練個百分之二十就夠了！記得把剩下百分之八十的力氣，用來扶生造福，就像你父神一樣。」

就是從那一瞬間開始，他才真正放下和羊過的競比與糾纏，卸下玉山訓練中的高壓緊繃，心情慢慢澄明，發現自己最想去的地方，就是樂遊山越西四百里後，那座微微隆起的小山。昔時的流沙，變成乾淨的湖泊，坐在湖邊，他好像在湖面看見父神的期待、母神的憐惜、過去的哀喜，以及洋溢在天地山川間，所有關於未來的想像。

「這裡，就是你的山，再不是過去的扶生山了。」他看得太專注了，完全沒注意到王母娘娘輕巧的身影靠近，坐在他身邊問：「想好了嗎？你的山，叫什麼名字？」

他一愣，轉過頭來，看著這個已經不太常出現的神祕身影，又驚又喜，沒多想就脫口說：「『父聖山』。」

「是嗎？」阿畝的臉色極淡，看不出贊成還是反對，只靜靜和他一起坐在湖邊，晒晒太陽。風好涼，飄著淡淡花香，一如過去無數次，在他自以為逃不過阿狡追殺的絕望邊緣，總看得到她瞬間閃過的形影，看起來慢吞吞的步履穿過林間，有時候會有一些樹枝，或者是飄落的葉子，有時候是小碎石，剛好點出精巧的縫隙，夠他抓住生路，逆勢逃亡。她總是在散步，那麼悠閒、自在，卻又在他生死邊陲時照現出希望，像黑暗裡暖暖的火光，讓他想起白澤的護持、開明的監護、阿狡的訓練……吉羊腦中一亮，忽然改口：「要不，我再想想吧！我確實是父神的兒子，但面對一整座山，我不能只是父神的兒子。」

「是啊！你當然不只是扶生的兒子。」王母娘娘輕輕一笑，為了這三個孩子，陸吾擔憂耗思、白澤擔驚受怕，她也自願沉睡三百年，如今還在吉羊身後，陪他撐過阿狡的鐵血訓練。他屬於更大的世界，怎麼可能只是扶生的兒子呢？她摸摸吉羊的頭，看進他眼底深處，溫柔的說：「當山神啊！就是要傾聽各種不同的聲音，讓大家安居樂活。對我來說，吹吹風、晒晒太陽，就是世界上最美好的生活。你呢？你知道別人都喜歡什麼樣的生活嗎？」

無論知不知道、做得好不好，他都可以認真學習。吉羊記起，跟著開明一路走來，努力照顧大家，就是他們最簡單的初心。

吉羊，共同守護的新世界

1 故人情

吉羊坐在湖邊，水裡的倒影，映現出剛從斷角處重新長出來的兩支蟠冠角。

不知道坐了多久，角尖處的水紋糊了，如淡淡煙色抹去。他眨了眨眼，揉了下眼皮，仔細再看，隔著水影，好像有條長著四隻腳的蛇，用前腳夾著一尾小紅魚正在享用，吞下最後一口後，開開心心躍出水面，向他打了招呼：「嗨，你該不會是吉羊那小子吧？」

這個幻影一翻身，從水面躍上岸，在半空中轉了個圈後落下，映著水珠，無限的微光聚為一個白髮老人。光潔的臉顏白皙、透光，毫無半點皺紋，老人裂開嘴笑，只在唇角邊留了點小紅魚的尾羽殘骸，看起來好像意猶未盡、沒吃飽似的。吉羊盯著他身上映著陽光的白鱗衣，閃閃發亮，右臂處有一大截修補過的裂口，帶著點晶黃，和他的靈性相互感應，應該是父神修補過的靈力遺痕。他想起幼年時，曾和如意在水邊撿到一隻右鰭被慘烈咬斷的小魚，傷口很深，幾乎沒了呼吸，嚇得他們急急去找父神，父神只看了一眼就眼瞳一縮，駭嘆：「這傷口，怎麼這麼恐怖？怕是活不了呢！多可惜，還是隻好可愛的小䱻(ㄏㄨㄚˊ)魚呢！」

「他們多半生活在樂遊山邊的桃水裡，一向站在高階食物鏈的最頂端，專門吃其他的魚。」父神一邊低頭仔細檢查䱻魚身上的傷口，不斷輸入療癒靈能，一邊自言自語、其實也趁機教育兩個孩子：「是不是太被寶貝了啊？怎麼連保護自己都沒學會？」

隨著扶生注入的靈力，小鮹魚慢慢甦醒，然而因為年紀太小，不知道山神的感嘆是出於擔慮，還以為自己被嘲笑了，拼命一掙，跳出山神的掌心後跌下，傷口裂開，疼得哇哇大叫。吉羊和如意看了哈哈笑，他更氣得全身發抖，不滿的在地上扭動，動作愈大，愈是扯到傷口，也就痛得愈厲害！雙胞胎剛要大笑，扶生手一拂，封住他們的嘴巴，這下子不但笑不出來，也不能說話，簡直要了他們的命，急得比手畫腳，拜託父神解開封印；不說話，比接受任何處罰還痛苦！

小鮹魚一看就笑了！很快就確定了大家的善意，靜下來接受治療。扶生一直覺得這個傷口藏著玄機，不探查清楚，無法安心。等小鮹魚傷勢穩定，就蟠起頭上的角冠，團成小碗，裝了點水，穩穩接著小鮹魚，飛躍近四百里，把他送回樂遊山。兩個頑皮的孩子第一次看到山神角的幻化，開始無限期待，渴望長大，想快點長出「魔法角」。父神正著臉色提醒他們：「只有心存天地生靈，才能驅動心念，改變山神的靈角。」

「一定，一定！我們當然會心存天地生靈啊！因為我們是父神的孩子。」吉羊一說，如意也趕緊問：「父神什麼時候回來啊？記得快回來，教我們驅動心念，我們想快點長出靈角。」

沒想到，父神這一去，就是好幾個月，不知道他們問過多少回，才看到他匆匆回家。此後，他常常蹙眉凝思，也開始避開兩個孩子，和母神低聲討論，好像有說不完的事，反覆在辯論。

吉羊和如意天生機敏，想盡辦法偷聽，陸陸續續拼湊出不是太完全的訊息：好像，樂遊山邊受禁術入侵，這條小鮹魚是鮹族最被寵愛的小王子，貪玩，又被照顧得無微不至。要不是被咬傷時，鮹祖爺爺剛好就在附近，一聞到滲進水裡的血腥味，立刻把他封進泡沫，再凝出一股小漩渦把他推進桃水送走，否則受了傷的他，根本不可能在接下來那場鰼祖爺爺和禁術魚的凶險激戰中存活下來。

父神到槐江山找好友英招，花了好多時間，清查西山沿線的靈力變動。好不容易才確定，隨著上神在北荒圍堵九頭蛇「相柳」的漫長激戰，邪佞精怪趁機搶收靈能，甚至在幾個上神決戰後的戰場，撿拾一些至死都不甘心的殘魂，強行從殘破的識海中，以相互支援、改進的「蝕魂術」，煉出前所未有的精煉玄技。學習禁術，成為天地初開時的弱肉強食中，最強大的引誘，各界各級異獸精怪，如果不能安居樂命或帶著點正直的信念和價值，幾乎都禁不起「立刻變強」的召喚，廝殺得更加血腥，直到幾位關心天下安定的上神發現，聯手設下禁錮，這才慢慢止住黑暗禁術的擴散。

許多小獸、小禽、小魚，在混亂的爭戰中竄逃出來，愈跑愈遠，直到遠離北荒戰場後，才又張狂的引用禁術，在每一個不喜歡戰爭的寧靜角落大肆破壞。樂遊山的廝殺不是唯一，不知道還有多少大家注意不到的角落，正在遭受恐怖血腥的侵擾。扶生山神憂心忡忡，最後在叮囑妻子時做了決定：「寧靜的偏安，不可能長久。我去支援英招，想個永久解決的方法。你得看緊那兩個臭小子！說真的，西山這邊，也愈來愈不安全了。」

後來，扶生和英招討論出方法，自願跳進相柳腹中，以龐大的山魂誘引他停下來，專心吞噬，藉著反覆填餵，替英招爭取時間，靠著裡外呼應，終於殺了相柳；再由霜神和雪神聯手冰凍屍首；英招耗盡神力封埋毒骸，「大禹」填土，又以「帝嚳(ㄎㄨˋ)」、「丹朱」、「帝舜」的神臺鎮壓。在這一連串糾纏混亂中，吉羊和如意相繼面臨父神的壯烈犧牲和母神的心碎裂魂，雖然有白澤的小心照顧，兩個孩子仍心性大亂，讓人特別擔心，不知道以後會變成什麼樣子？最後還是讓王母娘娘送進「荒墟」，封存在「綠幽流」裡，期盼用千萬年的開闊和豐饒，協助他們開放心靈、增強願能，培養他們接手扶生大願。

就這樣，他們沉睡了千萬年，從天崩地裂、補天重建、炎黃蚩尤集團血戰，以及水神「共工」、相柳一脈延續的磨難，一直到後來漫長的天荒和瘟疫，他們都錯過了。

「小鮹魚？天哪！你這笨小子竟然還活著！」面對滿頭白髮的小鮹魚，吉羊一說才算真正感受到，他一覺醒來，已然過了幾千年。這句話像一把鑰匙，打開兩顆帶著傷口的心靈，相隔幾千年的時空慢慢靠近，鮹魚老公公開心的連翻筋斗：「是啊！瞧，活得可好著呢！」

吉羊還記得自己耶！他好激動，開心的笑聲在風裡兜轉，笑著笑著又嘆口氣，靜靜落下淚：「總算，我們都長大了！」

2 寤寐書

幻化成白髮老人的小鮹魚發現，吉羊喜歡保持著山神真身，眷戀難捨的流連在水面，盯著自己新長出來的蟠冠角，想辦法要搞清楚，怎樣才能驅動心念，改變山神的靈角？連續陪他枯坐了太多天，實在有點無聊，忍不住說：「你不知道吧？你長出來的蟠冠角，好像扶生叔叔啊！」

「是嗎？不可能吧！」吉羊挑高眉，冷冷的說：「我記得，你這笨小子只安安穩穩睡在那個羊角碗裡，什麼時候看過蟠冠角啦？」

「哈，你可真記仇，到底是孩子心性啊！」他哈哈大笑，得意洋洋的炫耀：「這你就不知道了吧？山神的角，飽含護育靈能。扶生叔叔心念堅定，能自由幻形，他把我送到家以後，又四處協助受傷生靈。他的角有時披荊斬棘如神戟；有時扶巢安穴如天叉；更大部分時蟠成角冠，威風凜凜，不知道比你神氣多少倍！這都經過幾千年了，那一丁點小事你都記著，是不是太小氣啦？」

「還幾千年哩！」吉羊一聽就氣了：「我就睡了個覺，連夢都沒作一個，你就提前老了。我不管！我救過你，你的命還是我父神撿回來的，來，叫聲哥哥！」

「這……要不，我就叫你一聲老弟吧！反正我鬍子一大把，你也沒吃虧。」鮹魚滿臉尷尬，小心陪著笑臉，忽然眼珠子一轉，閃著亮光：「而且啊！你看，新山神要做的事多如牛毛，偏偏又不知道從何做起。這幾年，你也沒離開過崑崙山，找個可靠的顧問，『顧而問之，問了再顧』，不也挺好的嗎？」

「你是魚耶！」吉羊白了他一眼，沒好氣的應：「不好好待在水裡，跑到我這山裡幹什麼？」

「話舊啊！」這位白髮老頑童，簡直就是自來熟，從早到晚，把當年「鰠魚」帶著禁術入魔後的那些昔時舊事，反覆說個沒完。安穩的樂遊山周邊，被攪得天昏地暗，聽起來都是傷心破碎的往事，吉羊聽了心煩，摀上耳朵，嘴巴故意「哇啦哇啦」亂叫，希望堵住小鮹魚滔滔不絕的「話舊」。他這幾千年來都在天遙地遠的「荒墟」睡覺，哪裡有「舊」可以話？

也許那些塵封的廝殺和驚怖，太痛苦，也太難以想像了，鮹魚老小子無法和子孫晚輩說，只能悶在心底。隔了幾千年後，和吉羊重逢，記憶不受控制的掀開來，腦子裡牢牢刻繪著的鰠魚身形，一時又竄到眼前，美麗而恐怖：頭小身寬的魚形，沿著頭頂隆起後過渡到背部，體側扁平，像一片菱形葉面，全身鱗片扇形展開，尖端顏色深，到了圓端顏色慢慢變淺，在水中也能充分折射光線，產生各種不屬於鱗片本身的鮮豔顏色。看起來細密光滑的鱗片，要是不小心被割到，就會發現那堅實的銳面如薄刃，這就是為什麼那時他的傷口不大，卻幾乎被奪去生命，直到現在想起來都心有餘悸，還微顫著語音：「實在太可怕了！怪不得後來幾千年，人們都在傳說，無論鱕魚在哪裡出沒，都會引起戰爭。」

「時間過去太久了，再激烈的爭鬥，也都只剩下傳說。」吉羊大睡一場，所有的衝突都結束了，很難感同身受。鮹魚老小子也不需要他的回應，自顧自回想起，鮹魚一族經歷血腥廝殺後，元氣大傷，族長和幾位重要族親在危急的最後關頭，決定犧牲自己，為年輕一代鑿出「求生水穴」，用僅存的靈力封藏出入口，相信天地初安後，一定會有上神解開封印，協助這些孩子們重建家園。

後來啊！陸吾整建崑崙山，就近在樂遊山發現他們，不僅解封水穴、架設防護結界，還留下各級神靈，協助大家安家、練武。他就在這段時間極力精進，幾千年來，已修煉出族內最高修為，卻無意接掌鮹魚一族，常繞回扶生走後留下來的這一大片流沙，代替吉羊和如意，不斷關注著一大片流沙環境的變化。吉羊對這樣的關心，覺得莫名其妙：「我們只見過這麼一面，值得你這樣牽腸掛肚嗎？」

「你們只見過我一面，我卻跟著你們，活過幾千年。」鮹魚靜靜一笑，從乾坤戒裡釋出影像，招呼著吉羊：「瞧，這就是扶生山神送給我的一小卷《寤寐書》！」

山神的《寤寐書》，生動展演出屬於他的山界裡，無論醒著或睡著的一切變化。而這一小卷《寤寐書》，竟然就是吉羊和如意一路寫來的「悔過書」，他們用淘氣又可愛的語氣，記錄著自己的調皮行徑和被處罰過程。知道這些受傷、稚嫩的小鮹魚，接下來會面臨天崩地裂的變動，扶生送他這卷《寤寐書》時，浮起親切的笑容，溫柔的說：「接下來的生活，可能會有點艱難，可是，這天地間誰不艱難呢？難過時，就看看這兩個調皮搗蛋的孩子，他們闖下的禍事，可真不少啊！不過沒關係，無論犯了什麼錯、受了什麼罪，只要打起精神，我們都可以重新開始。」

吉羊搶了過來，看著幼時的自己，趁如意熟睡時把他畫成妹妹，不久後換如意把他畫成新娘；當他在父神協助春甦種植時，跟在他身後種下一顆小小的白玉，卻不知道父神早已發現，趁他不注意，從母神的妝鏡裡偷出一顆巨大的七彩玉替換，讓他在第二天大嚷大叫：

「母神，快看！我種的白玉，一夜就長大成七彩玉了！」

「哎呀，我的小吉羊，真的具有天生的神能呢！」母神抱起他，嘴角含笑，輕輕親了一下。吉羊看到這裡，一下子就臉紅了，非常氣憤：「什麼？那顆七彩玉，竟然是父神從母神那裡拿的？怎麼沒有人告訴我，這兩個大人都這麼壞？」

「為了等待傷口復原，我休養了很久；後來又被封進求生水穴，所有的族親長輩，全都消失了。我們這些孩子，好像被鎖進無邊無涯的虛無裡。」鯖魚的白髮因為惆悵，一下子變得更灰澀了，一會兒，因為情緒變動，慢慢閃爍著七彩：「你知道嗎？幸好我貢獻出這一小卷《寤寐書》。我們被關在深黯的水底，彷彿就是在坐牢，只能反覆翻讀著你們的生活，生出一種錯覺，好像我們還有一個熱熱鬧鬧的家；到了夢裡，有時還可以騙騙自己，那裡面的孩子，就是我。」

吉羊一愣，悲傷湧現，一時說不出話。隔了一會，意識到自己的隱私曝光了，氣得驚聲尖叫：「什麼？你是說，整個鯖魚一族都看過我和如意的童年蠢事了？」

3 魚羊鮮

「氣死我了！竟然把這麼私密的日記拿出來公開播映，你到底懂不懂隱私權啊？」吉羊氣憤不已，奮力把小鯖魚踢進湖裡。小鯖魚幾千年的修為，原不是吉羊對付得了的，他卻斂盡靈能，情願受罰，以拙劣的姿勢摔進湖裡，隨著強大的撞擊跌回原形，還擺了擺魚尾巴，勉強撐起四隻腳，不斷向吉羊求饒，擺出一副「你不原諒我，我就不起身」的可憐樣。吉羊別過頭去，看都不看，還啐了一聲：「耍無賴！我最討厭看到人家裝可憐。」

沒想到，吉羊不叫他起身，他就真的賴在湖裡，整天繞來繞去，發出各種撥水聲，擾得吉羊更是心煩，只好招招手：「出來吧！」

「好哩！」鮹魚向上一翻，又化成白髮老頑童，緊挨著吉羊身側，又開始嘻皮笑臉的「話舊」。因為大家都長大了，講起舊時困頓，一邊講，就一邊笑了起來。許許多多的故事，雖然都隨著笑意點染出來，吉羊卻聽得心酸，尤其在聽到水穴中的食物和共享的靈能愈來愈匱乏時，小鮹魚強迫自己研究出「斷食」心法，不言、不動，沉睡近半年，只需要一點點稀薄的空氣，就能轉換出存活支撐時，忍不住嘆了口氣，和大家比起來，自己和如意能夠在王母娘娘、白澤和開明的聯手庇護下長大，確實很幸福。想到自己一直這麼不耐煩，一時有點愧疚，趕緊截斷鮹魚的回憶，難得的主動問起：「別說這些婆婆媽媽的，撿些重要的講吧！」

「差點覆滅的鮹魚一族，總算重建了。我也在這裡逡巡了幾千年，等你回來！」他一說，吉羊忍不住問：「我是山神，當然會回到我的山來。你是一條魚耶！待在這裡，又是為啥啊？」

「這還不簡單嗎？魚怎麼離得開羊呢？」鮹魚盯著吉羊，笑咪咪的說：「你睡太久啦，不認得字仙『倉頡』吧？他啊，做了很多『鮮符』，往任何地方一貼，看起來就變得超級漂亮！什麼鮮美、鮮嫩、鮮麗、鮮花、鮮草、鮮肉、鮮魚……各級仙靈都在猜想，我們這一魚、一羊擠在一起，究竟是什麼緣法？哈哈，你沒聽過吧？連人間都有一道美味，把羊肉藏在魚肚子裡，叫做『魚羊鮮』，魚有腥味，羊也有腥味，合在一起反而鮮美極了！你說，怪不怪？簡直就是在預言我們的情緣，瞧，你一回到老家就看到我，我們的情分，絕對不是偶然。」

「照你這麼說，這幾千年，你根本就在這築巢了，要說看不到你，才真的很奇怪哩！」吉羊哼了一聲，白髮小鮹魚立刻眉開眼笑：

「沒錯！你就是聰明。這幾千年來，大家嫌我富貴閒人，鮹族的事都不插手，他們不知道啊，我忙的哩，沒一天閒著。我一直想啊，在流沙邊照著《寤寐書》裡的場景和陳設，慢慢打造一個家。你知道這有多難嗎？簡直變成我全力修煉的動力！山神的家，何等精緻啊！為了複製這些擺飾，竟沒發現，幾千年這麼快就過了。」

吉羊跟著他，沿湖穿入水穴，看著熟悉的客廳、舒服的書房，特別是母神美麗的房間，心裡震顫不已。他和如意以前，最喜歡膩在她身邊，搶著玩妝鏡邊的小玩意，還有好多他們親手做的小禮物。吉羊在妝盒裡看到一只脂玉髮釵，非常意外，忍不住抓了出來仔細研究，半晌才說：「你這脂玉太完美了，不是母神的。母神喜歡白色和綠色，我和如意常做飾品送她，當年，我們發現一塊潤白脂玉，在互相搶奪時摔裂了，母神還是說，她喜歡我們留下來的裂痕，細細的，像我們還在髮釵裡繼續胡鬧。」

「當然不是啊！」小鯖魚皺起光滑的老臉苦笑：「別忘了，整座扶生山都沉在相柳肚子裡了，這些全都是我千辛萬苦找來的複製品。」

「真的？哇，厲害，竟找得到這麼像的。」吉羊有點吃驚。鯖魚立刻露出討好的臉：「你都不知道，這幾千年來，只要找到比原來更像的複製品，我就替換掉舊的。這都編號七十二了，也就是說，之前已經換掉七十一根髮釵啦！」

「這一對冰珠耳環，編號應該超過一百了吧？」吉羊拿出當年他親手做的禮物，非常確定。小鯖魚笑得一臉燦爛：「有眼光！這確實是我最得意的作品，第九百零二號。你看，連這些不規則的弧線和微微的凹陷，幾乎都做到一模一樣。」

「確實不容易。」吉羊放下耳環，又拿起一支凝翠金步搖，想起那年春日，他們在漂亮的草原上午餐，漂亮的烏桕(ㄐㄧㄡˋ)葉子飄下，心尖尾翼拖得好長。母神仰首微嘆，柔軟的聲音彷如隨著輕柔的往昔飄飛：

「好嫩、好漂亮的葉子啊！」

「嗯，這是上古愛心樹喔！」父神拾了起來，放進懷裡，後來就帶著他和如意進工作室，教他們怎麼保留這嫩綠的心形葉子，為母神打造精巧的首飾。母神一向不太戴首飾，這以後，她的妝盒，裝著愈來愈多他們三父子的作品。這些壓在記憶底層的記憶，隨著熟悉的宮室，這麼甜美、又這麼悲傷的浮現。吉羊一路走，一路靜靜落淚，他一直隱隱恨著相柳、恨著羊過，也恨父神和母神做決定時，沒惦著他們兄弟倆。就在這四面八方湧來的記憶裡，他才發現，緊抓著悲憤和痛楚的自己，竟然遺忘了這麼多美好和眷戀。握著金步搖，他停下腳步，望向小鯖魚，認識這麼久，吉羊第一次浮出溫柔眼神，也許，魚和羊合在一起，真的有一種神祕力量。因為小鯖魚的珍惜，喚出他記憶底層的幸福，他終於問起：「喂，你叫什麼名字？」

「我？」忽然得到關心，白髮小鯖魚嚇了一跳，忙不迭的自我介紹：「大家都叫我『鯖祖爺爺』。」

「什麼鯖祖爺爺？分明就還是個臭屁老小孩好不好！」吉羊白了他一眼，冷冷的問：「我是說你真正的名字，比如說，小時候你媽媽都叫你什麼？」

「寶貝。」白髮小鯖魚趕緊回答，那時他真的太小了，只記得媽媽這甜甜的呼喚，現在想起來特別溫暖。吉羊起了陣雞皮疙瘩，猛打著自己的額頭嘆：「我叫你『寶貝』，能聽嗎？這房子，確實像極了我們家，你也在這個家裡生活了幾千年，我看，就當是我們家多了個小弟弟好了！」

4 護生山

「小弟弟……」鮹魚的滿頭白髮抖了抖，盯著一臉稚氣的吉羊又驚又疑，一方面高興自己竟加入護持了幾千年的扶生之家，心裡有顆「開心炸彈」直接炸開；另一方面又擔心自己年紀一大把了，看看還像個孩子的吉羊，有點被占便宜的尷尬，一時接不上話。吉羊習慣當哥哥，表現得很乾脆：「就這樣吧！吉羊、如意，接下來當然就是平安、喜樂，你就叫『平安』好了！說不定以後還有機會撿個小『喜樂』。我們做山神啊！就只有一個責任：為大家打造出『吉羊又如意』的家，一直讓大家生活得『平安又喜樂』。」

「耶！我叫做『平安』，這名字好！」白髮鯖魚翻了幾翻，如魚水行，一邊在屋子裡穿來穿去，一邊大嚷：「我有家了，你也有家了。我們這裡，會有愈來愈多個家，我最喜歡吉羊如意又平安喜樂的家了！」

「你不是總想要當山神顧問嗎？我們就來擴建這個『平安居』，當做水生精靈們的庇護所。以前王母娘娘問過我，我的山，想叫什麼名字？本來，我想以『父聖山』重建父神大願，但很快又覺得面對一整座山，我不能只是父神的兒子。現在想想，就叫『護生山』吧！讓所有懷著愛和期待的生靈，一起守護這座山。」

「太棒了！」平安開心的嘮叨著各種計畫，共同守護，不再只是自己的記憶，而是美好生活的起點，還一路念著：「什麼時候能再收個小弟叫『喜樂』，那就太好了！」

「為什麼不是小妹呢？」吉羊習慣抬槓，話一出口，又覺得自己竟然和平安一樣，變得有點無聊。平安卻眉開眼笑：「好啊，好啊！小妹妹也好，總而言之，這樣我就變哥哥了。」

「啐！」吉羊懶得理他，找了張桌子坐下，開始規畫水生世界的「中途之家」。他們聯手打造出來的生活空間，非常舒適，足以讓疲倦得以休息；強化的靈療站，讓脆弱得以復原；更修築出水生史館，讓大家在慘烈的戰爭傷痛中，學會珍惜眼前的幸福。隨著「平安居」愈來愈具規模，吉羊微笑著，原來，這就是開明創設「神獸樂園」的心情啊！孤單太久了，在觸摸到幸福時，更想要和大家一起幸福。

「平安居」地處東坡，陽光初醒時波光粼粼，湖中幻現著各種溫暖的七彩，確實適合安居，不知不覺也成為吉羊最喜歡的小角落，自己去吹吹風，晒晒太陽，慢慢習慣了和「平安弟弟」說說笑笑。沿坡而上，行過約一盞茶的時間，有一大片平臺，背山面湖，一眼望去，視野特別開闊。吉羊知道，他們的家，約略就在這個方向。

想了很久，最後，他把欽原發想、設計，再經過羊過修潤、加工的「生日禮物」——一座又一座美到極致、等比例縮小的西山山脈模型，移置到這裡。夾在向東蜿蜒至南向的八座山，以及向西盤踞連到北方的十二座山之間，「護生山」薄薄的流沙，耀眼如星澤，呼應著吉羊的血脈聲息，時而如浪花成形，時而捲成尖山，時而削直如峭壁，時而又溫潤如平丘……無數顆絕美的溶玉閃爍著，聚攏起又落下，慢慢又累積出等比例的山形，浮現吉羊和如意隱隱約約的形影，成為嶄新的華麗門面，還特別設了感應鎖，自動過濾危險，不帶惡意的各級生靈一靠近，就能自動開啟。

二十二座山的原始模型，加上剛成形的護生新山，正式還原成父神還在時的二十三座山了。從門兩邊延伸出去，就是由西山模型聯結出來的圍牆，靈力充足、防護嚴密；最有趣的是，整座山神府邸，只有絕美的連綿圍牆，內裡一無所有，彷彿還在等待著各種可能，無論是刻意接生栽培的小花、小樹、地底埋藏的精靈異獸，或無限華燦的晶玉彩石，都帶著白澤的期許、欽原的熱情和羊過的清冷節制，由枯冷中轉生出暖意，在這座新生的山裡，特別鮮活燦爛。

隨著對這座山的熟悉，吉羊慢慢修建主屋，奇怪的是，自從他遷進主屋後，院子裡開始不斷飄來隨著南風吹捲、傾天漫舞的花瓣雨。他忍不住循著西山模型，向南走去，直到最南的「翼望山」邊，發現緊靠在他家旁邊，竟神奇的「長」出一座纖巧的莊園，像魔法，無聲無息的冒出來，繁花盛開、粉豔繽紛，隔著大老遠都聞得到濃郁的酒香。

他皺起眉，有點不解，這座莊園到底是如何出現的？沒有聽到修築動靜，四地也還看不到生靈移居，怎麼這院落就這樣無中生有，還飄出這麼濃烈的酒味？他想繞過去查看，沒等走近，串串花瓣雨就落了一身，他拍了拍，還沒撥乾淨，耳邊就聽到帶著笑意的聲音：「吉羊來啦？花精靈送來消息，說你開府了，我馬不停蹄趕來，剛好趕上這『百花釀』開罈。你說，香不香？是不是一聞就醉了呢？」

「有沒有搞錯？我還是小孩耶！怎麼喝酒？」吉羊真搞不清楚狀況，有點悶悶不樂，自己可是這座山的山神耶！忍不住大聲問：「你是誰啊！」

「酒啊，不是給你喝的。」她好像看不出他在生悶氣，嫣然一笑，自顧自說得歡喜：「英招一會兒就到。總算等到你長大，他可開心了！」

「英招叔叔？」吉羊一聽，一下子堆滿笑容：「我知道了！你是英招叔叔的好朋友『百花仙子』，對吧！小時候，我們總吵著要學漫天花雨。」

「可惜你爹不喜歡啊！你娘是草精，他就隨她，只喜歡白色和綠色，見不得我們的繽紛鮮豔。你爹啊，疼她像寶貝似的，總保護她避著我們，怕她害羞。」百花仙子薄如花瓣的臉容一笑，天地像換了季節，春天瞬間盛開。花瓣兒繞著她緩緩旋飛，從虛空中吸納著天地精華，如彩虹噴泉，一瓣又一瓣、一朵又一朵，浮沉開闔，又如細雨微飄，帶著暖意落下。層層疊疊，空氣中飄浮著花瓣雨的淡淡芬芳，有緩緩行移的流光翻捲，也有纏附在季節間的記憶轉換。吉羊開心的跳了起來：「漫天花雨！英招叔叔最愛現的絕活。」

「臭小子，錯啦！應該是你百花『姊姊』的絕活！」英招剛好趕到，張開垂天羽翼，繞個大圈，循著寬闊的半圓，自空中送出花瓣。他那健碩的骨骼和肌肉，驅動全身虎斑，在繽紛豔彩裡浮動出花瓣般漂流的線條，既柔且剛，有種隨時就要天翻地覆的不確定感，渲染出驚心動魄的美麗。在溫柔中，洋溢出大戰歸來的歡愉；在溫雅書生的氣質中，帶著點大將軍的氣勢，捲起無數花點——這就是屬於飛馬最獨特的「漫天花雨」。吉羊一愣，說不出是想念還是開心，奔上前一蹬，跳進英招懷裡，四隻腳纏住他，偷偷抹去了眼角的眼淚，只哽咽喚著：「英招叔叔，你來啦！」

5 含羞草

英招抱著吉羊，出了會神。多久了？他應該幾千年沒見過這臭小子了吧？拍拍吉羊的背，撫摸著他的髮，黯然說：「扶生是我至交，我當然會來看你。瞧，你一離開『開明洞』，我不就來了？」

「啊？」吉羊一愣，以為英招還在氣開明摘星星做星星樹。雖然習慣了長期互相捉弄，心裡一急，還是急著說情：「開明那傻小子，其實還不錯，叔叔就原諒他啦！」

「我有那麼小氣嗎？」英招彈指，用力在吉羊額頭上彈出紅印子，冷哼一聲：「我是不服，不想去崑崙山啦！看到陸吾那傢伙就一肚子氣，說什麼我根本不會帶小孩，吉羊和如意啊，交給別人教養比較好。他把你們交給白澤，那臭小子最後竟挑了開明做監護人！開明怎麼可能比我合適？你說，他們是不是故意聯手想氣死我！」

「叔叔法力無邊，怎麼也死不了啦！」吉羊忘了自己擁有一座山了，還是像孩子一樣，熟練的爬上馬背，開心嚷：「走吧！英招叔叔，上天去飛一圈。好懷念啊！」

「這還像個山神嗎？」百花話沒說完，英招已然揹起吉羊飛遠，她忍不住嘆息：「就說吧！你教不好孩子，還是陸吾、白澤聰明，連開明都比你可靠。」

「別以為我聽不到！」遠遠的，從雲端傳來英招的抗議，以及一連串吉羊的笑聲。多好！百花悄悄按了下眼角，在心裡靜靜說：「扶生，好久不見。你的孩子，真的愈來愈像你了。」

他們陪著吉羊巡行護生山，竭盡所能協助他，厚植生養復育的滋養。百花仙子撒下各色花種子，妝點四季；英招帶著吉羊，飛繞著寬闊的天地，告訴他，哪些地方值得開發、哪些地方需要加固，隨即一起注入靈力，建立防護。就在這忙碌不休的工作中，最開心的休閒就是閒聊八卦，吉羊整天糾纏著他們追問，天地初成，怎麼就他們和父神，三個特別要好呢？

「怎麼說呢？要好，需要理由嗎？」英招皺眉，想了下又笑了：「那時，天地神靈混雜，我們都很稚嫩，從小到大特別投緣。扶生沉穩，誰都說我張揚，還好有百花夾在中間，成為平衡點，只要是她想做的事，我們都順著她，三個聯手一起做。也不知道為什麼，每天睜開眼睛就只想在一起。」

「可惜，不知道扶生怎麼想的？天地初安，最適合浪跡天涯，看遍大山大水的時候，他竟然接了山神職掌，日夕巡行，全心全意庇護著一座山，有夠死腦筋哪！」回望青春，百花悠然記起：「英招也有工作啊！接了槐江山總管，只負責盛夏的旅遊旺季，打點、協調來自各地的上神、散仙，這不是很棒嗎？還有這麼多時間四處巡行，順便交了很多好朋友，換來很多神能奇技。我們都自在慣了，哪裡停得下來？我只想隨著季節的流動、氣候的變換，在大山大水間，不斷培育各式花苞的生養開闔。」

「是啊！我們活著，總喜歡追逐理想，各自奔忙，通往不同的未來。」英招說得很瀟灑：「大部分孩提時代的情誼，都會隨著不同的成長旅程，各自散去了吧？」

「幸好，為了陪扶生渡過第一場雷劫，我們又回到這裡。」百花回顧起來，卻特別多情：「和好朋友一起奮鬥的感覺，真好！」

「什麼雷劫？」吉羊一提出來，百花立刻「機會教育」，提醒他做一個山神啊，如果想好好守護屬於一座山的生機燦爛，就得趁「九重雷劫」重整天地。春雷一聲響，萬物潤無聲，一般來說，仙、靈、妖、精在幻形之前，大半承接著地陰之氣，需借助夾帶在雷劫裡的天陽之力，在重重驚險中度劫證靈，才得以精進躍升。

扶生雖然年輕，卻一無所懼，一心一意張羅防護，準備著整座山的應劫，搞得他們兩個也跟著他緊張兮兮。好久不曾並肩作戰，青春熱血，又緊緊把大家綑綁在一起。百花仙子的花瓣護網，在第一重雷擊中燃燒殆盡；以英招當年的神能，也撐不到第三重；沒想到，平常不靠武技見長的扶生，把全身靈力都化為薄土，覆蓋著整座山，即使在九重雷擊後，遍地焦土，仍然有靈能流竄，復育著無限生機。直到大地慢慢甦醒，他們剛鬆了口氣，卻忽然顫顫心驚——怎麼搞的？扶生，消，失，了。

他們好著急，找了好久，終於在雷劫最嚴重的向陽坡，發現一大片不尋常的含羞草，重重疊疊，在羽毛般的葉片縫隙裡，找到沉睡中的扶生。原來，含羞草匯聚元靈，為了護住扶生，全族幾近覆滅，只剩一縷殘魂盤旋在他身邊，在消散邊緣無限難捨。一看到英招和百花靠近，那小幽魂緊繃著的擔慮終於歇下，神識一鬆，眼看就要魂飛魄散，英招騰身攔截，拼盡全身靈能凝住她的魂魄；百花喚醒扶生，他們三個聯手，不顧一切的從生死邊陲救回「羞娘」。從此以後，扶生日日以靈能澆養，直到她康復了，最後還是不放心，終一生都陪在她身邊，以山神靈能，小心呵護著小小的含羞草精魂，始終不曾停下。

「哈哈！父神真的對母神超級超級好。」吉羊笑了，沒想到那無所不能的父神，年輕時這麼誇張。可是，他還是不明白：「後來呢？

為什麼你們都不來看我們了？」

「這得問你娘啊！」百花大笑。婚宴那天，賓客們照約定時間抵達，卻只有扶生陪著大家大聲說笑，自願罰酒：「羞娘害羞，拜託大家，隔陣子再見吧！等她準備好。」

這一準備啊，就是一百多年，直到為雙胞胎宴請滿月酒，大家才看到這位美麗又靦腆的母親。她不戴珠飾，髮上只綴著羽毛般的葉片，輕輕一碰就閉合，靈動婉轉，幾朵絨球般的小花，還被扶生誇成是「世界上最美麗的花」。英招幾次皺眉：「別搞笑了！世界上最美麗的花？你問問百花，她同意嗎？」

回憶到這裡，英招和百花相看一眼，帶著無限唏噓，即使扶生不在了，現在想起來，印象還這麼深刻。那時，他們看著扶生，開開心心的在湖邊選了個向陽坡，為羞娘修築陽光燦耀的庭園，他總是強調，最適合含羞草靈養的環境，就是溫暖溼潤。他日日關注著空氣的潤澤和光照的炫亮，惹得大家特喜歡嘲笑他，好像他也從動物變成植物，種植在含羞草身邊；成婚後，更變成家裡的擺設，從植物又退化成礦物，哪裡都去不了，只陪著妻子和兩個孩子，偶而才四處巡行一下，盡點呵護各級生靈的山神義務。

誰也沒想到，對羞娘和兩個孩子這樣牽腸掛肚的扶生，在災難之前，竟然捨下牽戀，選擇壯烈離開。

6 願如意

英招悵然回顧，當大家一起研究討伐相柳的策略時，誰都知道相柳貪婪，跳進腹中執行「臥底行動」，裡應外合，確實是可行的方法；只是，誰也都知道，這是個「自殺任務」。在選擇任務由誰執行時，扶生自願，英招大力反對，強力堅持：「我去！我一生瀟灑自在、無牽無掛。你不一樣，嫂子這麼害羞，怎麼有能力獨立照顧兩個孩子？孩子這麼小，沒有你不行！最重要的，你捨下他們，真的可以無牽無掛嗎？」

「你在相柳的消化液裡，撐得了幾時？」扶生靜靜看他，一向堅強淡漠的眼睛底，浮出水霧。羞娘和兩個孩子，他怎麼捨得下呢？可是，看著相柳一路行來所造成的、驚天駭地的死亡和悲慟，他又怎能、怎敢不捨呢？他咬著唇淡淡說：「這世間，沒有死者，無以召後起；沒有行者，無以圖將來。有一些人、有一些事，都是註定的。這些年的征伐，有誰擁有像你這種能和邪神正面對決的實力呢？又有誰可以這樣自由縱恣，和別人交換絕技，無止盡的錘鍊自己呢？」

和相柳的決戰，確如扶生預估，只能慘勝。當大家灰暗著臉色清理戰場時，大夥兒都以為英招會接手照顧扶生遺孤，誰也沒想到，他竟遠上天際，獨自喝得爛醉，只反覆痛哭：「扶生是我最好的朋友，讓他赴死，卻也是我做的決定啊！」

「那一罈酒，是我親自釀製的『長歌醉』。」百花微笑，笑裡藏著說不盡的苦澀：「酒力驅出他的鬱苦，讓他遨飛九天，連著幾個月狂歌痛哭。那種狂肆喧鬧，司天眾神不知道接到多少次投訴！但誰都拿他沒辦法。你娘以扶生日日澆養的靈能，還淚於天地，日積月累，形成流沙，直到靈能散盡，生命也走到盡頭，最後，還是陸吾和白澤接手安置了你們。」

等英招想起扶生遺孤時，兩個孩子已被王母娘娘送進「荒墟」，他懊惱極了。後來，又因為開明送他絕美的「星星樹」，讓他被眾神斥責，幾次被列入「教養警告榜」，即使吉羊和如意以後被喚醒，也不可能將兩個孩子的撫養權交給他了。他百般不服，但還是無能為力，只能借重百花的復育靈力，把扶生最後的靈識封進「鑄實種子」，埋在這片綿延兩百里的流沙裡。一旦感應到扶生子嗣回家，就能團出實體靠攏，從土中竄生出小型院落；而百花仙子又在「鑄實種子」裡滴進「百花釀」，花一開，院落成型，就能散出千里花香的酒氣，呼喚他們倆回到扶生最眷戀的土地。

只要兩個孩子回來，他們就計畫成立一個「旅店」，不計階級差異，放下衝突，接納所有需要庇護、休息的生靈。那是扶生的遺願。誰都沒想到，吉羊也為這座山命名為「護生」，好像是浮游在天地間點點滴滴的遺愛，讓大家一起實踐了扶生期盼「萬物安好」的願景。

屬於吉羊的這一座山，基底是扶生的大愛；再由羞娘的眼淚潤澤；最後在羊過的規畫下，堆疊著人們的愛和想念，帶著堅定的庇護和無邊無涯的成全和溫柔，日積月累，慢慢成形。這些靈能，促成花草林樹的凋繁盛衰，比任何地方更烈豔，特別適合配置成花苑，百花仙子選擇了「梅花」、「杏花」、「桃花」、「牡丹」、「榴花」、「荷花」、「葵花」、「桂花」、「菊花」、「芙蓉」、「山茶」、「水仙」，設計出十二個小苑，花裡春秋、葉中四季，為每個月的風晴雨雪，妝點出無限祝福。

為了長期經營，百花把這兩、三千年來，一直陪在她身邊的小徒「釀兒」，留給吉羊。釀兒聰明、心細、反應快，和她深入相處後，無論什麼個性或靈級，誰都喜歡她。雖然有點捨不得，不過，護生山百廢待興，她精於數算、管理，一手釀造手法更是直追酒神，確實是吉羊最需要的臂膀。

看著百花和英招忙著選人、理事，每天忙個不停，聰明的吉羊當然明白，他們快離開了。英招有槐江山的管理職責，又喜歡遨遊天地；百花仙子掌管天上人間花草四時的生息開闔，人間瘟疫災苦，得靠她在空中撒下百花，借瓣香濾淨大地腐朽，讓土地恢復生機，同樣無法停留太久，只能加快速度巡宿四地，聯手在院落間做最精細的檢視和微調。可是，還是有這麼多的捨不得堵在心口啊！吉羊心情很悶，就是不想讓他們離開，英招摸摸他的頭笑：「別婆婆媽媽的啦！扶生可沒有這樣軟弱的孩子。接下來，有得你忙的，好好想想，做個山神，可不是容易的事。」

「安匾吧！」百花仙子手一揮，從半空中凝現出一塊精緻的鮮花匾額，花葉繽紛，慢慢扣進院落大門，接著轉向吉羊問：「想好名字了嗎？」

「就叫『如意旅棧』吧！」吉羊微頓。英招點點頭，手一伸，指上的靈力凝在匾上，看著字體慢慢成形：「唯願如意，不錯！這塊土地上，藏著太多失落和痛楚了，但願這麼多的愛，累積出來的所有想念和盼望，都能如意。」

「每一段奔波旅程，總有一些未完成的願望，就在這小歇途中，祝福人人如意。」唯美的百花仙子，總帶著千萬種溫柔情腸。吉羊跟著大聲說：「最重要的是，這也是如意的家。他正在四界八荒旅行，但願他所在的地方，總有一個旅棧接納他。如意。是我們大家的盼望啊！」

他們都不知道，如意此時正停留在荒涼北野，透過「如意鏡」和「吉羊符」的連線，興奮的等著這歷史性的一刻！看到「如意」兩個字在匾額上顯影時，他好激動，獨自在帳裡大嚷大叫：「這名字，取得好！吉羊啊，難得看你就聰明這一次！」

7 誰比誰，更厲害？

「如意鏡」和「吉羊符」的發明，一直是如意的得意作品，隨著成長後的智識成熟，更是做了許許多多改進。記得在很久以前，白澤為了讓羊過轉生人間，聯繫各級仙靈，還找了吉羊和如意一起幫忙。如意特別找開明滴血做符，濾出他身上延續自陸吾「洞察萬物、預卜未來」的上古神能，做成「如意鏡」和「吉羊符」的初代原型，以「九頭虎紋」做印信，只要兩端聯結，就能傳輸影像。羊過歷劫回到崑崙山後，如意又纏著他，詢問、調查、記錄，做了進一步的研究與改進，還在和每個生靈混熟後，就笑說我們都是「開明護衛隊」，硬是在人家掌心裡烙一個「吉羊符」。

一開始，大家沒察覺，後來發現他可以透過「如意鏡」窺看大家時，大夥兒群起大怒，找陸吾告狀！說他「侵犯隱私」。如意不得已，只好一個又一個回收，只剩下欽原、土螻這兩個死黨，和他想盡辦法運用各種理由，死纏爛打才說服成功的吉羊跟開明願意留著；至於羊過，他遠在千山之外，加上生性乖張自在，根本無所謂隱私，自然也留著「吉羊符」。

無論如意的旅程走到多遠，到了晚上，他總是開開心心的躺進暖呼呼的被鋪裡，拿出「如意鏡」，看著遠端還帶著「吉羊符」的欽原、土螻、吉羊、開明和羊過，宛如這樣，即使只有自己一個，仍然有暖暖的「開明集團」陪著他。每一天工作結束，想像著朋友們到底在做什麼，成為了最溫暖的期待。他跟著羊過尋找五色石，興味盎然的經歷各種期待又失望；看欽原認真待在他的舊書房，研究各種他留下來的設計圖；土螻還是老樣子，悶不吭聲的四地巡看、打抱不平；開明接手陸吾的警衛工作，管理連接人間、仙界的神祕通道，同時也適時安排各級仙靈執行各種關於救難、應劫的遷移和流動，愈來愈像個小總管；而吉羊的連線，就是這最熱血的「如意旅棧」安遍現場啊！

如意知道，自己一直沉溺在研究裡；羊過只想為依依尋找女媧石；欽原和土螻單純的據守在崑崙山。他們的世界都很小，不像吉羊、開明和阿狡，永遠有不斷翻新的世界，等著他們共同守護，無止盡的為著寬闊的夢想在奮鬥。他常偷偷在心裡比較：吉羊努力從傷痛覆滅中開創新局，重視的是未來；開明在崑崙傳承中，奮力守護天地安泰，相信現在；阿狡早在漫長的時空中，看淡了過去的浮沉競爭，和王母娘娘一樣，便只有一瞬安好，也都無限感念。

吉羊、開明和阿狡，到底誰比較厲害呢？如意很喜歡在腦子裡轉著「誰比較厲害」，這些亂七八糟、根本不會有答案的問題，這讓他的旅程永遠洋溢著「和好朋友在一起」的熱鬧。為了送「如意旅棧」一個縮小版的「地靈陣」在大廳展示，並且得禁得起頑皮仙靈們嬉鬧拆卸，他走過一個又一個地方，除了一天又一天扎實修訂著愈來愈豐富的「地靈陣」，也拼命想找出更堅固又漂亮的新素材，便逐漸走向偏荒探險。

遠遠的，他看到一棵大樹，漆黑的樹幹在雪地裡，被厚厚的風雪包覆住，最特別的是，每一片薄薄的葉子都是雪白的，有如一幅黑白畫。他攀爬著，稍不留意就陷進軟綿的冰縫，沿著雪崖，一滑，竟掉進冰谷裂隙。如意不斷落下，冰壁冷冽滑溜，無處施力，他只能抓緊乾坤袋，顧緊旅行寶貝，小心避開冰晶銳角，努力在無法抑止的下跌中保持平衡，做好準備，在即將落地時張開軟墊襯底，保護好脆弱的頭部。

不知道過了多久，總算跌至谷底，他掙扎著，好不容易站起身，趕緊檢查自己的狀態：除了被尖銳冰晶劃開的傷，還有一隻瘸了的後腿，看起來大致還好。休息幾天後，他撐起身，測試自己的行動力；崖壁極高，只能小心丈量，測算出一小段又一小段距離後，標出定位；再算好載重量，設計冰釘，一格，一格，慢慢打造出冰梯；最後冒著「可能再也出不去」的風險，耗損大半靈力，封住釘面，讓這些冰釘留在崖壁，不受磨蝕、不沾風雪，好讓日後再摔跌下來的各級生靈，可以自救。

就這樣一邊固定冰釘，一邊努力攀爬，如意渾然不覺時間流動，只在重複的纏縛中奮力掙扎。好不容易爬上崖岸，這時天色已暗，他撐著鮮血淋漓的四隻腳站了起來，赫然驚覺，前些時在陽光下一片雪白的那棵參天老樹，原來就是傳說中的「夜螢樹」。白天看來只是一棵尋常的樹，到了晚上，樹上的每一片白葉子，反射著微微月光，盤繞在黑夜裡，一小葉又一小葉，散發著柔和光芒，彷如千萬隻螢火蟲聚在一起，映著整片雪地，螢火紛飛是這麼溫柔又這麼暖，讓他忘記了一切疲累。

要不是自己跌下深崖，應該路過而不相識，就直接錯過了這片瑰麗的亮色了吧？他忽然深深慶幸，所有的磨難，原來都有剛剛好的深意，不親自經歷，永遠也不能明白。世界真的好大啊！總是有這麼多驚奇，等著我們發現。

回想起他和吉羊被白澤送到開明身邊學習經營「神獸樂園」時，

雖然像是孩子們的「扮家家」，但在為大家打造安全巢穴同時，他們也在模擬著未來的生活奮鬥。在「如意鏡」裡，看到吉羊在玉山受訓，開場就被阿狡撞斷羊角，他揪起的整顆心，差點就要從嘴裡跳出來，只覺得劇烈的心跳衝撞到腦子裡，亂哄哄的，恨不得插翅飛回去！直到看著吉羊歷經一次又一次生死廝殺後，迅速蛻變，變得愈來愈強悍，他就知道，這個從小到大和他一起並肩摸索的哥哥，已經走向和他截然不同的未來了！

他們的一生，都和這棵「夜螢樹」一樣，陽光燦爛時，看起來很普通，只有在光明折損、磨難侵臨時，才能用一片又一片小小的葉子、一點又一點小小的螢光，飛旋出溫暖和光影，照亮黑暗，銘印出無從複製的絕美。如意在崖邊找了個背風角落，架出舒服的「流光帳」，阻擋住帳外的漫天風雪，天一亮，就在夜螢樹邊配置各種溶液，嘗試各種不同的比例，反覆測試夜螢樹的枝、葉和小果實，不斷實驗，除了用來製作「地靈陣」小模型，更進一步想找出移植方法，留住美，努力向各界分享。

到了夜裡躺回被窩，他把玩著「如意鏡」，想起跟著王母娘娘的阿狡，懷著眾生安好的大願；立志要協助陸吾的開明，也有能力照顧崑崙山了，不斷改進的神獸樂園，愈來愈適合休閒安居。倒是吉羊，剛擁有一座空山，暫時沒有居民，只能先認真打點著「如意旅棧」，運用四時變化，招攬有著各種不同目的的生靈「試住」，一方面讓更多生靈知道，屬於這裡的遷移和創造，是擁有無限機會的神聖冒險；一方面也觀察各生靈的需要，因應自己的熱情和專長，打造出擁有更多特色的新天地。

如意想起，以前常和開明、白澤辯論：「陸吾的不勝和大禹的威令必勝，哪個更有智慧？」「陸吾的退讓爭取和英招的全面進擊相比，誰更厲害？」直到現在，討論起各個上神集團在上古時期的會爭盟，只能確定每個集團的選擇不一樣，誰比誰更厲害？還是沒有答案。

無論如何，我們還有更長、更遠的路要走。能夠看見這世界上各種各樣的生靈拼命努力，在一無所有中，為自己找出熱情和專長；也願意傾盡所有，為更多的生靈打造出更美好的未來，永遠共同守護這個不斷翻新的世界。這才是最開心、其實也算是最厲害的事。

【附錄】

會朝爭盟，來讀《山海經》吧！

黃秋芳

《山海經》經過上千年的流傳，以獨有的「神怪圖鑑」與豐富的古代神話色彩，擄獲後世無數人的心，成為歷史上最重要的文學經典之一。而作者黃秋芳老師是如何將其中極為簡短的隻字片語，及超越現實的神怪形象，運用創作巧思，發展成縝密又龐大的奇幻小說世界觀呢？現在，就讓作者親自帶領我們解碼《山海經》，認識眾多充滿魅力的角色，開始一場想像力的創作之旅！

壹・王母和她的夥伴們

1.《山海經・西山三經》，**玉山**：「**西王母**其狀如人，豹尾虎齒而善嘯，蓬髮戴勝，是司天之厲及五殘❶。有獸焉，其狀如犬而豹文，其角如牛，其名曰**狡**，其音如吠犬，見則其國大穰(ㄖㄤˊ)❷。有鳥焉，其狀如翟(ㄉㄧˊ)而赤，名曰**勝遇**，是食魚，其音如錄❸，見則其國大水。」

2.《山海經．西山三經》，**三危山**：「**三青鳥**居之。……其上有獸焉，其狀如牛，白身四角，其毫如披蓑，其名曰**傲佪**，是食人。有鳥焉，一首而三身，其狀如鸈(ㄌㄨㄛˋ)，其名曰**鴟**。」

《山海經．大荒西經》：「有三青鳥，赤首黑目，一名曰**大鵹**，一名**少鵹**，一名曰**青鳥**。」

3.《山海經．西山三經》，**章莪山**：「有獸焉，其狀如赤豹，五尾一角，其音如擊石，其名如**猙**。有鳥焉，其狀如鶴，一足，赤文青質而白

---

❶「勝」，玉製首飾；「司」，執掌；「厲」，災厄；「五殘」，五種刑罰。

❷「穰」，五穀豐收。

❸「翟」，長尾野雉；「錄」，即「鹿」。

喙，名曰**畢方**，其鳴自叫也，見則其邑有譌火❹。」

4.《山海經．北山一經》，**隄山**：「有獸焉，其狀如豹而文首，名曰**狕**。」

傳說解碼

玉山的西王母形貌像人，長著豹尾、虎齒，善於長嘯，蓬散的頭髮有首飾縚緊，掌管著天災和刑罰。狡是一種牛角豹紋犬，吠聲像狗，出現時預告著豐收；紅勝遇像長尾野雞，吃魚，聲音像鹿，出現時會發生水災。

三危山的住民，最有名的是三隻青鳥，紅頭羽，黑眼睛。其次是傲徆，長得像白牛又長了四支角，身上的毛就像披著蓑衣。鴟有一顆頭和三個身體，形象在鷹、鵰和鸞之間，起初在部落相爭的古傳說裡代表剛毅和威猛，沒有明顯的正邪之分；隨著時間發展，逐漸帶有冥界和殺戮色彩，而且在東亞各種傳說間有相似的聯想。因為承雨滴、愛乾淨，創作時從冥黯推向光明，選擇了尊貴如鸞鳳。

章莪山的猙像紅豹，有五條尾巴、一支角，聲音石破天驚；畢方如鶴，只有一隻腳，青色的身體有紅頭羽和白嘴喙，叫聲就像「ㄅㄧ ㄈㄤ ㄅㄧ ㄈㄤ」，人們因為這種奇怪的叫聲才叫他「畢方」，出現時常有怪火。

在隄山的狕，豹形，帶著美麗的頭紋。

「狡」、「猙」、「狕」都是《山海經》裡以豹紋出名的神獸，也都成為原形如豹的王母娘娘最親密的夥伴。

貳．崑崙集團

1.《山海經．西山三經》，**崑崙山**：「是實惟帝之下都，神**陸吾**司之。其神狀虎身而九尾，人面而虎爪；是神也，司天之九部及帝之囿（ㄧㄡˋ）時。有獸焉，其狀如羊而四角，名曰**土螻**，是食人。有鳥焉，其狀如蜂，

❹「譌火」，怪火。

大如鴛鴦，名曰**欽原**，蠚(ㄏㄜˋ)鳥獸則死，蠚木則枯❺。有鳥焉，其名曰**鶉鳥**❻，是司帝之百服。……有草焉，名曰**蕢草**，其狀如葵，其味如葱，食之已勞❼。」

2. 《山海經．西山三經》，**槐江山**：「實惟帝之平圃，神**英招**司之，其狀馬身而人面，虎文而鳥翼，徇(ㄒㄩㄣˋ)於四海，其音如榴。」

3. 《山海經．西山三經》，**樂遊山**：「桃水出焉，西流注於稷(ㄐㄧˋ)澤，是多白玉。其中多**鮹魚**，其狀如蛇而四足，是食魚。」

4. 《山海經．西山三經》，**嬴(ㄌㄨㄛˊ)母山**：「神**長乘**司之，是天之九德也。其神狀如人而豹尾。」

5. 《山海經．海內西經》，**崑崙之墟**：「面有九門，門有**開明獸**守之，百神之所在。」

6. 《山海經．海內西經》，**開明六巫**：「開明東有**巫彭**、**巫抵**、**巫陽**、**巫履**、**巫凡**、**巫相**，夾窫窳(ㄧㄚˋ ㄩˇ)之尸，皆操不死之藥以距之❽。**窫窳**者，蛇身人面，貳負臣所殺也。」

7.《山海經．海內西經》：「開明北有**視肉**、珠樹、文玉樹、玗琪樹、不死樹。……又有**離朱**、木禾、柏樹、甘水……」《山海經．海外南經》，狄山：「爰有熊、羆、文虎、蜼、豹、**離朱**、**視肉**……」

8.《山海經．大荒西經》，**靈山十巫**：「有靈山，**巫咸**、**巫即**、**巫朌**、**巫彭**、**巫姑**、**巫真**、**巫禮**、**巫抵**、**巫謝**、**巫羅**十巫，從此升降，百藥爰在❾。」

---

❺「蠚」，有毒腺的生物刺毒其他生物。

❻「鶉鳥」，鳳凰一類的神鳥。

❼「已勞」，消除憂愁。

❽「距」，祛除死氣，藉以復活。

❾「從此升降，百藥爰在」：這裡可以上天入地、時空穿錯，所有的靈藥都薈萃生長。

傳說解碼

崑崙山由天帝設界，交由天神「陸吾」掌管。陸吾虎身九尾，和槐江山的天神「英招」是同事，也是好友。他們同樣一身虎紋，只是英招身形如駿馬，適合代天帝巡行天地，還多出一雙翅膀。

崑崙山為百神所在，神獸和靈物多元而豐富，土螻、欽原、鶉鳥、離朱、木禾、鳳凰、青鸞、視肉、蕡草……有無限的故事等著發掘。根據漢墓刻畫，人面虎身的陸吾和開明，時見九尾或九首，頗有混淆的考證或論說；再加上從「靈山十巫」到「開明六巫」中，重疊又迴異的神巫，提供閱讀和詮說時的無限想像。

參．神靈幻獸

1.《山海經．大荒北經》，**章尾山**：「西北海之外，赤水之北，有章尾山。有神，人面蛇身而赤，直目正乘，其瞑乃晦，其視乃明，不食，不寢，不息，風雨是謁。是燭九陰❿，是謂**燭龍**。」

《山海經．海外北經》，**鍾山**：「鍾山之神，名曰**燭陰**，視為晝，瞑為夜，吹為冬，呼為夏，不飲，不食，不息，息為風，身長千里。……人面蛇身，赤色，居鍾山下。」

2.《山海經．海外北經》：「**共工**之臣曰**相柳氏**，九首，以食於九山。相柳之所抵，厥為澤溪。**禹**殺相柳，其血腥，不可以樹五穀種。」

3.《山海經．東山四經》，**太山**：「有獸焉，其狀如牛而白首，一目而蛇尾，其名曰**蜚**，行水則竭，行草則死，見則天下大疫。」

4.《山海經．東山二經》，**硜山**：「有鳥焉，其狀如鳧而鼠尾，善登木，其名曰**絜鉤**，見則其國多疫。」

---

❿「風雨是謁，是燭九陰」：「謁」，「噎」的假借字，指吞咽；「燭九陰」，照亮九重幽泉的陰暗。

5.《山海經．中山十一經》，**樂馬山**：「有獸焉，其狀如彙，赤如丹火，其名曰**㹸**，見則其國大疫。」

6.《山海經．中山十經》，**復州山**：「有鳥焉，其狀如鴞，而一足彘尾，其名曰**跂踵**，見則其國大疫。」

7.《山海經．中山七經》，**少室山**：「休水出焉，而北流注於洛，其中多**鯑魚**，狀如盩蜼而長距，足白而對，食者無蠱疾，可以禦兵⓫。」

8.《山海經．東山一經》，**栒狀山**：「其中多**箴魚**，狀如儵，其喙如箴，食之無疫疾。」

9.《山海經．東山二經》，**葛山**：「澧水出焉，東流注於余澤，其中多**珠蟞魚**，其狀如肺而有目，六足有珠，其味酸甘，食之無癘。」

10.《山海經．中山十一經》，**堇理山**：「有鳥焉，其狀如鵲，青身白喙，白目白尾，名曰**青耕**，可以禦疫，其鳴自叫。」

11.《山海經．西山四經》，**鳥鼠同穴之山**：「渭水出焉，而東流注於河。

其中多**鰠魚**，其狀如鱣（ㄓㄢ）魚⑫，動則其邑有大兵。濫水出於其西，西流注於漢水。多**絮魮**（ㄖㄨˊ ㄆㄧˊ）之魚，其狀如覆銚（ㄉㄧㄠˋ）⑬，鳥首而魚翼魚尾，音如磬石之聲，是生珠玉。」

傳說解碼

燭龍在遙遠的大西北海外，赤水的北岸，紅鱗長身達一千里，眼睛豎長，閉眼是黑夜、睜眼是白晝，以風雨為食，照耀幽冥，吹氣成冬、呼氣為夏，吞吐捲颳，時而在鍾山下，實在太強大了！

---

⑪「狀如盩蜼而長距，足白而對，食者無蠱疾，可以禦兵」：「盩蜼」，一種像長尾巴獼猴的怪獸；「距」，禽爪。指這種魚形狀像獼猴，卻長著雞爪子，白足趾對生，吃了牠的肉，不但能去除疑心病，不受妖邪蠱惑，還可以防禦戰亂。

⑫「鱣」，一種無鱗的大魚。

⑬「銚」，有柄、有流口的小型燒器。

水神共工的臣子相柳，九頭，人臉蛇身，能夠吞下九座山，因為系出水神，所到之處盡成沼澤、洪流，死後血染腥臭，五穀不生。

燭龍和相柳成為傳說背景，繼而衍生瘟疫，蜚、絜鉤、猴這些惡獸出現，自然也會有鯑魚、箴魚、珠蟞魚和青耕鳥這些吉祥禽魚。接下來的故事，交給鶉鳥和蕢草、鮹魚和小山神，當然也會有混亂的鱃魚和絮魮，天地間萬般相生、相應，希望從不衰竭。

肆．玄花異樹

1.《山海經．南山一經》，**招搖山**：「有草焉，其狀如韭而青華，其名曰**祝餘**，食之不飢；有木焉，其狀如穀⓮而黑理，其華四照，其名曰**迷穀**，佩之不迷。」

2.《山海經．南山三經》，**侖者山**：「有木焉，其狀如穀而赤理，其汗如漆，其味如飴，食者不飢，可以釋勞，其名曰**白咎**，可以血玉。」

3.《山海經．海內北經》：「鬼國在**貳負**之尸北，為物人面而一目……」

傳說解碼

也許，生活在上古時代真的太艱難了，天地相生、共振，同時也提供了許多美好的饋贈。「祝餘」吃得飽、「迷穀」防迷途，這是最基礎的保障；「白䓘」和從鬼國延伸出來的「度朔山」，山上那棵屈蟠三千里的大桃樹，就晉級成神祕傳說了！靈力強大的桃樹，東北枝條糾結成「鬼門」，由鬱壘和神荼守衛，一發現惡鬼就揮葦索綑縛，射以桃木箭，再扔到山裡餵靈虎；後來又衍異成遊走在「酆都」、「地府」、「冥界」的神靈，管轄神魄，懲治鬼魂。

遙遠神話轉型成鬼魂、地府的故事，感覺上和我們又更近一些了。

⓮「穀」，構樹。

國家圖書館出版品預行編目（CIP）資料

太初傳說 . 2 : 會朝爭盟 / 黃秋芳作 . -- 初版 . --
新北市 : 字畝文化出版 : 遠足文化事業股份有限公司發行 , 2023.11

196 面 ; 14.8×21 公分
ISBN 978-626-7365-17-5(平裝)

863.59 112016056

XBSY0063

太初傳說2：會朝爭盟

作　　者｜黃秋芳
封面繪圖｜葉羽桐

字畝文化創意有限公司
社長兼總編輯｜馮季眉
責任編輯｜戴鈺娟
主　　編｜許雅筑、鄭倖伃
編　　輯｜陳心方、李培如
美術設計｜蔚藍鯨

出版｜字畝文化／遠足文化事業股份有限公司
發行｜遠足文化事業股份有限公司（讀書共和國出版集團）
地址｜ 231 新北市新店區民權路 108-2 號 9 樓
電話｜（02）2218-1417　傳真｜（02）8667-1065
客服信箱｜ service@bookrep.com.tw
網路書店｜ www.bookrep.com.tw
團體訂購請洽業務部（02）2218-1417 分機 1124
法律顧問｜華洋法律事務所 蘇文生律師
印製｜通南彩色印刷股份有限公司

2023年11月　初版一刷
定價：330元　書號：XBSY0063　ISBN：978-626-7365-17-5
EISBN：9786267365328 (PDF)　9786267365311 (EPUB)